SHARON KENDRICK

Un secret à Noël

Traduction française de
CATHERINE BENAZERAF

AZUR

HARLEQUIN

Collection : Azur

Titre original :
CINDERELLA'S CHRISTMAS SECRET

HARPERCOLLINS FRANCE
83-85, boulevard Vincent-Auriol, 75646 PARIS CEDEX 13
Service Lectrices — Tél. : 01 45 82 47 47 - www.harlequin.fr
ISBN 978-2-2804-6148-1 — ISSN 0993-4448

Composé et édité par HarperCollins France.
Imprimé en novembre 2021 par CPI Black Print (Barcelone)
en utilisant 100% d'électricité renouvelable.
Dépôt légal : décembre 2021.

FSC www.fsc.org
MIXTE
Papier issu de sources responsables
FSC® C159065

Pour limiter l'empreinte environnementale de ses livres, HarperCollins France s'engage à n'utiliser que du papier fabriqué à partir de bois provenant de forêts gérées durablement et de manière responsable.

1.

— C'est *impossible*…

Hollie avait lâché ces mots dans un gémissement étranglé. La tenue qu'elle tenait à bout de bras était ce que l'on pouvait faire de plus criard en matière de déguisement de Noël. Coupée dans un tissu brillant, d'un vert vif, la très courte robe scintillait sous les lumières violentes de l'hôtel où se tiendrait la réception organisée par l'agence immobilière où travaillait Hollie.

Une nouvelle fois, elle plaça le déguisement devant son buste, et contempla son reflet dans la psyché.

— Janette, je ne pourrai jamais porter ça, insista-t-elle.

Les sourcils parfaitement dessinés de ladite Janette – patronne de l'agence, et conséquemment de Hollie – formèrent un accent circonflexe.

— Et pourquoi pas ? questionna celle-ci.

— Eh bien, tout d'abord, parce que…

Cherchant comment formuler ses objections sans être blessante, Hollie se dit qu'il y avait quand même des limites à ce qu'une employée – aussi dévouée soit-elle – était censée accepter. Habituellement, elle était des plus conciliantes, accomplissant avec zèle, et sans jamais protester, les tâches qui lui étaient confiées. Mais là, c'en était trop !

— D'abord, c'est vraiment très court…, avança-t-elle.

Manifestement sa patronne n'avait que faire de ses objections. Elle semblait encore plus centrée sur elle-même que de coutume, et elle s'était montrée d'une humeur de dogue depuis le matin, lorsqu'elle s'était cassé un ongle et avait fait un accroc à l'un de ses bas extra-fins.

— Une jeune femme de votre âge peut tout à fait se permettre ce genre de tenue, objecta sèchement Janette en redressant une branche de houx. Je suis certaine que cela vous ira à la perfection. Et puis, cela changera agréablement de vos choix vestimentaires habituels.

— Mais…

— Il n'y a pas de « mais » ! Dois-je vous rappeler que c'est nous qui donnons cette réception ? L'une des serveuses vient de déclarer forfait, et nous ne pouvons pas nous permettre de manquer de personnel. Tout ce que vous aurez à faire, c'est de passer quelques heures à servir des toasts et des boissons, déguisée en lutin. Si j'avais votre âge, je n'hésiterais pas une seconde à m'en charger moi-même. Surtout dans la mesure où Maximo Diaz sera là.

Janette gratifia Hollie d'un sourire artificiel, avant d'enchaîner :

— C'est le plus gros client que nous avons jamais eu. Monsieur Crésus en personne. Et si nous réussissons à lui faire signer l'achat de son château avant Noël, vous pourrez compter sur une belle prime. J'imagine que vous n'avez pas oublié cela, non ?

Hollie hocha la tête. Bien évidemment, elle n'avait oublié ni Maximo Diaz, ni toute l'agitation qui entourait chacune des visites du magnat des affaires dans leur petite ville du Devon.

Comment oublier un homme qui ressemblait à un ange des ténèbres descendu sur terre en costume sur mesure ? Un homme qui faisait battre son cœur à cent à l'heure chaque fois qu'elle se retrouvait prise dans l'implacable faisceau de son regard de jais, avec l'impression d'être un papillon épinglé sur un morceau de carton.

Déglutissant avec peine, Hollie songea que Maximo Diaz devait faire la même impression à toutes les femmes.

Elle n'avait pas manqué de remarquer la manière dont le contemplaient celles de l'agence lorsqu'il s'y montrait. Chacune était comme hypnotisée par la puissance de sa musculature d'athlète et l'éclat de sa peau mate.

Curieusement, l'image de cet homme semblait s'être incrustée dans l'imagination de Hollie. Pour autant qu'elle s'y efforce, elle était incapable de rester insensible à tant de virilité, à cette mâle sensualité qui la plongeait dans un trouble teinté d'appréhension.

Non qu'elle eût le moindre doute concernant sa totale invisibilité sur les écrans radar du milliardaire espagnol. Des individus tels que lui ne devaient même pas remarquer une employée quelconque s'affairant en silence dans l'ombre d'un bureau. À l'occasion, il lui était arrivé de servir le café au puissant magnat, avec l'un des biscuits qu'elle confectionnait parfois à l'intention de ses collègues – enfin, à condition que Janette, sa patronne, ne soit pas dans un épisode de régime strict.

La première fois où Maximo Diaz avait mordu dans la légèreté aérienne d'un sablé que Hollie venait de lui offrir, il avait ensuite posé un regard étonné sur la friandise, comme s'il n'était pas habitué aux douceurs.

À vrai dire, cela n'avait rien de surprenant. Car « douceur » n'était pas un terme susceptible d'être associé à l'homme d'affaires à la séduction austère. Les termes qui venaient plus aisément à l'esprit le concernant relevaient du champ sémantique de l'âpreté et du mystère.

Mais trêve de divagations sur la personne de Maximo Diaz ! Sous le regard interrogateur de Janette, Hollie n'eut d'autre choix que de plaquer un sourire conciliant sur son visage.

— Bien sûr que je n'oublie pas le *señor* Diaz ! s'exclama-t-elle. C'est notre client le plus important.

— Justement ! C'est même la raison pour laquelle toutes les personnalités du coin seront présentes à la réception.

Maximo Diaz va avoir un impact considérable sur la région. Surtout s'il refait du vieux château le palace hôtelier qu'il était autrefois. Cela nous permettra de ne plus avoir recours à cet hôtel minable pour nos manifestations officielles.

Se reculant, Janette posa sur Hollie un regard appuyé, avant de poursuivre :

— Bon, je peux compter sur vous ?

Hollie hocha la tête. Avait-elle d'autre option qu'accepter ? Alors, autant se soumettre de bon cœur, se dit-elle. La vie lui avait appris que cela valait mieux.

— C'est d'accord, dit-elle. Vous pouvez compter sur moi, Janette.

— Parfait ! Changez-vous immédiatement. Ah, et ne relevez pas vos cheveux, pour une fois. Je n'ai jamais compris pourquoi vous vous obstinez à dissimuler ce qu'il y a de mieux chez vous !

Serrant contre elle le déguisement de lutin, Hollie quitta la pièce en écartant de la main les serpentins de couleur vive pendant du plafond. Bien qu'il reste encore deux mois avant la période des fêtes, l'hôtel était paré de toutes les décorations scintillantes que Noël imposait.

À vrai dire, Hollie ne s'en plaignait pas. Elle avait beau ne plus avoir la moindre famille avec laquelle célébrer cela, elle en aimait tous les symboles : le scintillement des bougies, les chants traditionnels, les sapins odorants, le tintement des clochettes, la neige…

Des guirlandes lumineuses éclairèrent son chemin jusqu'à un vestiaire lugubre, au sous-sol, mais Hollie décida qu'elle n'allait pas se laisser démoraliser pour autant. Après avoir secoué, pour la défroisser, la robe verte ourlée de fausse fourrure, elle la posa sur une chaise, ainsi que les collants rayés rouge et blanc, et les escarpins vermillon aux talons vertigineux.

Dans la pièce mal chauffée, ce fut en frissonnant qu'elle se débarrassa de sa robe-chemise, de ses collants couleur chair, et de ses chaussures plates. Puis elle se glissa avec peine dans le costume de lutin, bataillant pour en remonter la fermeture à glissière. Lorsque, enfin, elle se contempla dans le miroir, Hollie se rendit compte que ses réticences à accepter le rôle n'étaient pas infondées. La personne qui lui faisait face était… *méconnaissable.*

Clignant des yeux, elle avait bien du mal à se reconnaître. La serveuse absente devait être passablement plus petite qu'elle-même, car l'ourlet blanc lui arrivait à peine à mi-cuisses. La hauteur démesurée des talons aiguilles ne faisait qu'accentuer cette impression.

Le pire, c'était que la propriétaire en titre du costume devait être également plus mince que Hollie. Le velours vert épousait étroitement ses formes – comme du miel nappe une cuillère. Le tissu moulait les rondeurs de sa poitrine, et lui serrait la taille d'une manière qui n'avait rien à voir avec le type de vêtements auxquels elle était habituée.

Se raclant la gorge, Hollie lutta pour contenir sa soudaine nervosité, et l'appréhension sourde qui faisait s'emballer son cœur. Était-ce à constater qu'ainsi elle ressemblait à sa mère, lorsque cette dernière se mettait sur son trente et un dans l'attente d'un énième retour au foyer de son cher époux, père de sa fille unique ? Comme s'il suffisait à une femme de se parer d'atours affriolants pour se faire aimer d'un homme !

Évidemment, les efforts de la malheureuse n'avaient jamais servi à rien ! Hollie revoyait parfaitement l'amertume déformant les traits de celle-ci, lorsqu'elle claquait la porte sur les talons de son infidèle de mari.

« Il ne faut pas croire que l'on peut se faire aimer d'un homme, Hollie. Les hommes sont incapables d'aimer. »

C'était un avertissement que Hollie gardait en mémoire. Sa mère le lui avait assez souvent répété pour qu'elle ne puisse l'oublier.

Pour l'instant, elle n'avait aucune envie de penser à tout

cela. Tout ce dont elle rêvait, c'était de se débarrasser de ce déguisement ridicule, et de laisser tomber la réception pour regagner le petit cottage qu'elle louait à la sortie de la ville.

Si seulement elle pouvait rentrer chez elle pour se plonger dans la recette du gâteau qu'elle prévoyait de confectionner pendant le week-end ! Et se laisser aller à imaginer le jour où elle serait en mesure d'ouvrir son propre salon de thé, pour être enfin sa propre patronne.

Encore une année à faire des économies, et elle disposerait des fonds suffisants pour se lancer.

Cette fois, Hollie se garderait bien de s'associer avec qui que ce soit. De plus, elle monterait son affaire dans la petite ville du Devon où elle avait trouvé refuge après son échec londonien. Trescombe était l'endroit idéal pour cela, à l'inverse d'une mégalopole anonyme telle que Londres.

Était-ce à force de s'y sentir invisible que Hollie avait perdu toute confiance en elle ? Au point de ne pas se rendre compte que sa prétendue meilleure amie l'escroquait, la dépouillant de tout son argent ?

La leçon avait été douloureuse mais salutaire. Les quelques illusions que Hollie entretenait encore sur le genre humain n'en avaient été que davantage entamées. Mais, surtout, elle s'était bien promis de ne plus jamais se mettre en situation de se faire avoir.

Pour l'instant, l'important était que la réception se déroule au mieux. L'achat du vieux château – situé à l'extérieur de la ville, sur une colline – était susceptible d'ouvrir une ère de prospérité pour le tourisme local, et Hollie entendait bien en tirer parti. Si la bâtisse avait été autrefois un hôtel, elle avait grand besoin de soins attentifs et coûteux pour retrouver son lustre. L'énigmatique homme d'affaires ibérique semblait un candidat inattendu pour se lancer dans pareille entreprise ; cependant, c'était peut-être l'une des surprises que la vie garde en réserve.

Les gens ne sont pas toujours ce qu'ils paraissent être, songea Hollie.

Un play-boy de renommée internationale, fabuleusement riche, pouvait être en même temps quelqu'un de bien.

Obéissant à l'injonction de Janette, Hollie retira le chouchou retenant ses cheveux et secoua la tête pour les laisser retomber sur ses épaules. D'un châtain doré lumineux, ils se répandirent en boucles abondantes sur sa poitrine, dissimulant fort à propos un décolleté passablement outrageux.

La touche finale du costume était constituée par un bonnet rouge et vert terminé – en guise de pompon – par un grelot dont le tintement évoquait celui d'une caisse enregistreuse à chacun des mouvements de tête de Hollie. Elle sourit en pensant que, bientôt, elle ouvrirait son propre salon de thé. Certes, elle ne prévoyait pas de se vêtir de façon aussi voyante pour servir ses clients, mais l'épisode de ce soir constituerait un très bon entraînement en la matière. D'une démarche mal assurée – à cause des fins talons –, elle gagna la porte.

Après tout, tenir le rôle d'un lutin de Noël ne pouvait pas être si difficile que ça.

Si seulement il avait pu se trouver à des milliers de kilomètres de cette fichue réception !

Certes, l'affaire qu'il allait réaliser ajouterait quelques millions supplémentaires à sa fortune. Cependant, Maximo Diaz se sentait encore plus indifférent que d'habitude à ce qui l'entourait.

D'un coup d'œil, il embrassa la pièce curieusement décorée de guirlandes de Noël bien que l'on ne soit encore qu'en octobre. Un immense sapin était accolé à un mur, et de minuscules ampoules dorées et argentées scintillaient dans tous les recoins possibles. Il semblait que la magie de

Noël ait élu domicile étonnamment de bonne heure dans cette petite ville perdue du Devon avec vue sur la mer.

Maximo pinça les lèvres.

À dire vrai, il n'aurait su dire où il se serait senti le mieux. Ou le moins mal ! Il n'avait pas davantage envie de se trouver dans cette province reculée que dans son appartement de Madrid ou celui de New York. Où qu'il se trouve, il ne parviendrait pas à faire taire les sombres pensées qui se bousculaient dans son esprit. Pour la première fois de sa vie, Maximo avait du mal à prendre du recul sur les événements.

Son passé n'avait pas été exempt de problèmes. Des moments tragiques s'étaient succédé dans sa vie. Des épisodes inattendus, le prenant au dépourvu, dont il avait eu raison à force de volonté, décidant que ces difficultés glisseraient sur lui comme de l'eau sur les plumes d'un canard. Il s'était forgé un sang-froid à toute épreuve, s'enorgueillissant de sa capacité à dédaigner les épreuves.

Maximo avait cultivé la résistance nécessaire pour émerger sain et sauf du chaos, tel un phénix renaissant de ses cendres. Avec l'énergie de sa jeunesse, doté d'une ambition dévorante, il avait su se prémunir contre la souffrance morale. Au point d'en venir à la conclusion qu'il faisait partie du petit nombre de chanceux que la douleur n'atteignait pas.

Si cela avait pour conséquence qu'on le juge froid et insensible – ce qui était souvent le cas auprès de la gent féminine –, c'était le cadet de ses soucis.

Alors, qui aurait pensé que la mort d'une personne qu'il méprisait puisse l'affecter à ce point ? Comment était-il seulement *possible* que cela lui déchire le cœur ?

Par choix, il n'avait pas vu depuis des années la femme qui l'avait mis au monde. Il ne manquait pas de très bonnes raisons pour cela. Lui dire adieu – au pied du lit où l'avaient convoqué les religieuses qui la soignaient – n'aurait dû susciter en lui rien d'autre que colère et ressentiment. Pourtant, rien de tel n'était arrivé.

Secouant la tête, Maximo songea que sa réaction l'avait surpris lui-même. Il s'en était voulu, aussi, car les émotions qu'il éprouvait n'étaient pas celles auxquelles il s'était préparé. Tandis qu'il tenait entre les siennes la main parcheminée, avec son entrelacs de veines sombres, il avait senti monter en lui un profond chagrin. Il avait été submergé par un sentiment de perte irrémédiable.

Or ce n'était pas du tout le genre d'émotions auxquelles Maximo se laissait aller habituellement.

L'important était d'avancer en écartant de son chemin tout ce qui n'était que vaine tristesse. Quel autre choix y avait-il pour quelqu'un qui élevait l'indifférence à la hauteur d'une œuvre d'art ? Maximo était certain de parvenir à surmonter tout cela, comme il y avait toujours réussi. Il finirait bien par se pardonner à lui-même cette incursion exceptionnelle dans l'univers sirupeux du sentimentalisme. N'était-ce pas un domaine qui ne présentait pas le moindre attrait à ses yeux ?

Quoi qu'il en soit, il poursuivrait son inexorable ascension vers les sommets de la réussite. En construisant routes et ponts aux quatre coins de la planète, Maximo continuerait à amasser des fortunes. Depuis peu, il avait ajouté une branche nouvelle à ses affaires : la création d'une chaîne d'hôtels de luxe. Qu'il dispose, désormais, de bien plus d'argent qu'il ne pourrait jamais en dépenser ne signifiait nullement qu'il soit prêt à ralentir le pas. Car Maximo adorait le succès. Moins pour les gratifications matérielles qu'il garantissait que pour l'aura de consécration qui l'accompagnait.

C'était comme s'il se devait de faire éternellement ses preuves. Et si ce n'était pas au profit de ses parents, lesquels l'avaient rejeté l'un comme l'autre, c'était au moins pour son bénéfice personnel.

— Vous laisserez-vous tenter par quelque chose, *señor* Diaz ?

Une voix douce venait d'interrompre les réflexions de

Maximo. Soulagé d'être arraché à ses sombres méditations, il se tourna vers la femme qui lui tendait un plateau. Sauf que ce qui retint instantanément l'attention de Maximo ne fut pas l'assortiment peu appétissant de petits-fours, mais bien plutôt la tournure de la jeune personne.

Se laisserait-il tenter ? Elle avait effectivement tout ce qu'il fallait pour cela !

Plissant les yeux, Maximo se demanda comment diable telle pensée lui avait traversé l'esprit. D'autant que le déguisement dont était affublée l'inconnue était quelque peu ridicule. Il sentit le sang battre à ses tempes, et sa bouche devenir étrangement sèche. À vrai dire, si le costume prêtait à sourire, il n'en était pas moins… oui, assez sexy.

Non, rectification : *très* sexy !

Curieusement, il avait l'impression d'avoir déjà vu la jeune femme. Mais il cessa de chercher où il avait pu la rencontrer, tant la fascination qu'elle exerçait sur lui le privait de toute capacité de réflexion. Et même de celle de respirer aisément.

Comment aurait-il pu en être autrement devant cette apparence… *spectaculaire* ? Maximo déglutit, tout en poursuivant son examen silencieux.

Le vert soutenu du velours faisait ressortir la pâleur de porcelaine du teint. Quant à la fausse fourrure bordant le décolleté, elle attirait l'attention sur l'onctuosité d'une chair un peu trop opulente pour correspondre aux canons de la mode. Abaissant son regard, Maximo découvrit les jambes interminables que rendaient encore plus démesurées les escarpins à talons aiguilles. D'un rouge vermillon, ils correspondaient au fantasme érotique de tout mâle normalement constitué.

En totale contradiction avec la volupté étudiée de la tenue, la jeune beauté ne portait pas une once de maquillage. Tout à coup, devant ce visage à la carnation laiteuse, cette chevelure soyeuse que les guirlandes électriques animaient de reflets chatoyants, Maximo éprouva une émotion qu'il n'avait pas ressentie depuis un certain temps : un furtif mais insistant frisson de désir qui se propagea dans ses veines comme un flux de miel chaud.

Une moue d'autodérision pinça ses lèvres. Allons, se morigéna-t-il *in petto*, sa libido – plutôt en berne depuis quelque temps, il devait bien le reconnaître – n'était quand même pas titillée par ce déguisement carnavalesque !

— Euh… nous avons toute une sélection de délicieux canapés, reprit la jeune femme d'une voix douce qui fit naître des picotements sur l'épiderme de Maximo. Je peux vous proposer des mini-vol-au-vent, ou des miniquiches…

— Des miniquiches ? répéta Maximo sur un ton sarcastique.

De toute évidence, l'ironie n'avait pas échappé à la serveuse car, lorsqu'il releva la tête après un coup d'œil au peu attrayant plateau, Maximo vit qu'elle était écarlate.

— Je sais que tout le monde ne les apprécie pas, fit-elle, mais la municipalité a suggéré que nous cultivions le thème rétro…

Contre toute attente, Maximo était délicieusement charmé de voir son interlocutrice rougir de la sorte. Cela faisait tellement longtemps qu'une femme n'avait pas rougi devant lui !

— Et pourquoi diable ? s'étonna-t-il.

— Parce que Noël est une période où l'on donne volontiers dans la nostalgie…

Elle s'interrompit pour couler vers lui un regard interrogateur, semblant se demander si Maximo faisait juste preuve de politesse, ou s'il tenait vraiment à ce qu'elle exprime son avis.

— Enfin, c'est ce que j'imagine, reprit-elle.

— Mais Noël est encore loin, objecta Maximo.

— Je sais. Néanmoins, quelques décorations et un sapin ajoutent un peu de gaieté au décor, non ?

Maximo jeta un coup d'œil venimeux en direction du sapin dont la cime caressait le plafond, et à ses illuminations criardes. Il ne put refréner un frisson lorsque son regard s'arrêta sur l'empilement de faux paquets-cadeaux répartis à son pied.

— Désolé de vous contredire, observa-t-il, mais je trouve tout cela monstrueux.

— On dirait que vous n'appréciez pas beaucoup Noël.

— C'est le moins qu'on puisse dire ! Si vous voulez tout savoir, c'est une période que je déteste.

— Oh… je comprends. Eh bien, c'est dommage… Mais si vous préférez que je vous apporte quelque chose à boire, je peux aller vous chercher une flûte de champagne au bar.

L'air soucieux, la serveuse mordilla sa lèvre inférieure, et Maximo se dispensa d'une remarque acerbe sur la probable médiocre qualité des breuvages offerts aux invités.

Après tout, songea-t-il, c'était injuste de déverser sa mauvaise humeur sur la malheureuse. Cette réception n'était qu'une occasion pour lui de rencontrer les notables locaux susceptibles de soutenir ses ambitieux projets. Ce n'était certainement pas un plaisir, mais son interlocutrice ne faisait que son travail.

Tout à coup, l'impression fugitive de la reconnaître s'imposa davantage à Maximo. Il examina le charmant visage plus attentivement. Ces longs cils bruns, ourlant délicatement de grands yeux gris, lui rappelaient quelqu'un…

— Nous nous sommes déjà rencontrés, non ? l'interrogea-t-il tout à trac. On se connaît ?

Manifestement mal à l'aise, la jeune femme haussa gauchement ses épaules laiteuses.

— C'est-à-dire que vous ne me connaissez pas vraiment, *señor* Diaz, dit-elle. Nous nous sommes seulement croisés. Je travaille à l'agence immobilière à laquelle vous vous êtes adressé pour acheter le château. Habituellement, je suis…

— Assise derrière un bureau ! *Sí, sí*… bien sûr, je me rappelle…

Comment avait-il oublié celle qui représentait une oasis de calme paisible à chaque fois qu'il avait traité avec l'agence ? Aussi différente que possible de son acerbe et cupide patronne, c'était la jeune employée qui s'était empressée auprès de lui, servant aimablement café et délicieuses douceurs. Sauf qu'habituellement son apparence était celle d'une secrétaire modèle, vêtue avec une sobriété des plus conventionnelles. Quant à la masse de ses cheveux châtain doré, elle était toujours tirée en une queue-de-cheval si sévère que même une religieuse aurait trouvé la coiffure peu flatteuse.

Un moment, Maximo s'était dit que, s'il avait besoin d'une succursale dans ce coin perdu, la jeune femme ferait une parfaite assistante. Il n'aurait pas hésité à la débaucher, en lui offrant deux fois le salaire qu'elle devait gagner à l'agence.

Comment aurait-il soupçonné que les vêtements quelconques dissimulaient une anatomie sensationnelle ? Faire coïncider deux images aussi diamétralement opposées de la même femme n'était pas chose facile.

— Mais alors, reprit-il, pourquoi ce changement de rôle ? interrogea-t-il. Et cette tenue ?

— Je sais. C'est affreux, n'est-ce pas ?

Maximo n'avait pu ignorer le regard affligé en direction du costume aux couleurs trop voyantes.

— Ce n'est peut-être pas le terme que j'emploierais, répondit-il. Je trouve que cela vous va même très bien.

— Sérieusement ? s'étonna la jeune femme, d'un air à la fois surpris et secrètement ravi.

Le plus étrange, songea Maximo, c'était le soudain remue-ménage que causait en lui cette manifestation de timidité. La manière dont son interlocutrice mordillait sa lèvre inférieure attirait l'attention sur le coussinet de chair rose délicieusement incurvé en un doux sourire. Tout à coup, la bouche sensuelle semblait particulièrement attirante, donnant furieusement envie à Maximo de s'en emparer.

Surprenant ! Comme s'il n'existait pas bien d'autres femmes susceptibles d'éveiller son désir qu'une employée de bureau costumée de manière extravagante ?

— Dois-je comprendre que vous faites des heures supplémentaires ? s'enquit-il.

— D'une certaine façon, oui.

Jetant un coup d'œil à droite et à gauche, la jeune femme s'inclina vers Maximo. Les effluves d'un frais parfum vinrent lui titiller les narines, et il s'étonna qu'une senteur aussi subtile puisse avoir quelque chose d'incroyablement provocant.

— L'une des serveuses a déclaré forfait pour la soirée, expliqua à mi-voix celle qui s'avérait donc n'être qu'une doublure occasionnelle. On m'a demandé de la…

— Ah ! enfin vous voilà, Maximo ! Caché dans l'ombre, tel un mystérieux conquistador.

Une voix stridente venait d'interrompre brutalement la conversation, et Maximo leva les yeux pour voir Janette se précipiter vers lui. Curieusement, elle parvenait à onduler tout en avançant avec la détermination d'un grenadier.

— J'espère que Hollie a pris soin de vous ! reprit-elle. J'imagine que c'est le cas, vu tout le temps qu'elle a passé auprès de vous.

Après avoir gratifié Maximo d'un autre sourire ravageur, Janette se tourna vers l'infortunée serveuse, et siffla à son intention :

— Vous semblez oublier que nous avons d'autres invités, ma chère. Certes, il est particulièrement plaisant de monopoliser le *señor* Diaz, je vous l'accorde, cependant Monsieur le Député semble prêt à tuer père et mère pour un canapé.

Se contentant d'acquiescer d'un signe de tête, Hollie s'éloigna sans parvenir à ignorer le regard de jais qui la suivait comme une traînée de feu. Malgré elle, ses talons aiguilles lui donnaient une démarche chaloupée, et elle ne pouvait qu'espérer ne pas trop attirer l'attention sur son postérieur.

Sans se départir de son sourire, elle tendit au député le plateau sur lequel il fit main basse. Tandis qu'il s'empiffrait de petits-fours, elle repensa à ce qu'avait dit Janette.

Pouvait-on vraiment lui reprocher d'avoir monopolisé le bel Espagnol ?

Après tout, il lui était difficile de démentir la fascination qu'il exerçait sur elle.

Enjôlée par le timbre grave de la voix aux sonorités agréablement chantantes, Hollie avait été incapable d'arracher son regard du visage à la beauté ténébreuse. Cependant, pour une fois, elle avait eu le sentiment qu'il s'agissait d'un véritable échange. Ce soir, elle avait capté l'attention de l'homme d'affaires. Au lieu de lui lancer un coup d'œil dédaigneux, comme il en avait l'habitude à l'agence, Maximo Diaz l'avait regardée et écoutée. À croire qu'il s'intéressait à ce qu'elle disait et prenait plaisir à bavarder avec elle.

Tournant la tête, elle se rendit compte qu'il attirait nombre d'invités, eux aussi aimantés par tant de virilité désinvolte.

— Bel homme, n'est-ce pas ? observa le député, entre deux bouchées. Toutes les femmes le dévorent des yeux.

Esquissant une moue contrite, Hollie se dit qu'elle n'avait pas manqué d'en faire autant. Elle avait bavé d'admiration, comme une adolescente à un concert de rock.

— J'imagine que tout le monde s'intéresse au *señor* Diaz parce qu'il va devenir l'un des notables locaux, dit-elle.

— Et pas à cause de sa fortune, ni de son allure de playboy latin, peut-être ?

— Bien sûr que non ! rétorqua Hollie d'un ton pincé.

Prenant congé prestement, elle retourna à ses fonctions

avec une ardeur renouvelée. Il était temps de se racheter auprès de sa patronne !

À son grand agacement, elle avait beau s'affairer, l'image de l'homme au regard de braise ne cessait de l'obséder. Maximo Diaz avait fait naître en elle un trouble qu'elle ne parvenait pas à surmonter. Depuis qu'il avait dardé ce regard sur elle, Hollie était totalement décontenancée. Car il lui avait donné le sentiment d'être…

Mettre des mots sur ce qu'elle avait éprouvé n'était pas facile. Elle s'était sentie… *différente*. Comme si elle n'était plus la Hollie Walker habituelle. Comme si une autre femme s'était insinuée dans son corps.

Au cours de leur brève conversation, son regard s'était attardé sur les lèvres sensuelles de l'Espagnol – lesquelles étaient une véritable invitation au péché –, et elle n'avait pu s'empêcher de se demander à quoi ressemblaient ses baisers. Un instant, elle s'était même interrogée sur les sensations que cela devait procurer d'être serrée dans des bras aussi puissants.

Quelle folie !

Un homme tel que Maximo Diaz était hors de portée. Tout autant que les étoiles dans le ciel.

N'avait-il pas une réputation de play-boy international, recrutant ses très nombreuses conquêtes parmi les plus belles filles de la planète ? De celles qui figuraient sur les couvertures glacées des magazines de mode.

Tandis que Hollie, à vingt-six ans, n'avait jamais eu la moindre relation avec un homme. Elle n'avait jamais été nue dans les bras d'un amant, n'avait jamais partagé la complicité d'un petit déjeuner après une nuit d'amour, ne s'était jamais vu offrir un bijou en témoignage d'attachement…

Pour tout dire, elle était encore vierge.

Peut-être était sa faute, après tout ? Ne lui faisait-on pas souvent remarquer qu'elle portait des tenues trop conformistes pour son âge ? Janette ne se privait pas de le lui signaler chaque fois que l'occasion lui en était donnée.

Sauf que ces détracteurs ignoraient tout de l'enfance de Hollie. Elle avait grandi aux côtés d'une mère pour qui l'apparence physique était une arme. Afin de mettre en valeur sa fabuleuse plastique, celle-ci moulait son corps dans des tenues affriolantes. Quant à son visage, elle le maquillait aussi outrageusement que celui d'une cocotte.

Or tout cela était resté vain. Pendant des années, Hollie avait vu sa mère se mettre en quatre pour plaire à un homme qui ne voulait pas d'elle. Être témoin des humiliations répétées que la malheureuse avait subies restait une leçon indélébile dans l'esprit de Hollie : jamais elle n'agirait de la sorte. Une femme n'avait pas besoin d'un homme pour exister.

Une fois qu'elle eut ramassé les verres vides, Hollie jeta un coup d'œil à la ronde. Maximo Diaz avait disparu. Son cœur se serra. Elle ne l'avait même pas vu partir.

Fin de l'épisode !

Submergée par une curieuse tristesse, elle gagna le sous-sol pour se changer. Lorsqu'elle remonta – le costume de lutin plié dans un sac –, les salons de réception étaient déserts.

Émergeant de la sortie de service dans la nuit noire, Hollie eut la mauvaise surprise d'être cueillie par un véritable déluge. Sans parapluie, et dans son léger manteau peu imperméable, il ne lui fallut que quelques secondes pour être trempée jusqu'aux os. Courant jusqu'à l'arrêt de bus, elle regretta que le toit n'en ait jamais été réparé : un trou béant laissait passer toute l'eau du ciel.

Pas le moindre autobus à l'horizon ! Que faire ? Appeler un taxi – au diable la dépense ! – ou braver les éléments en rentrant à pied ?

Hollie en était encore à s'interroger lorsqu'une imposante limousine noire vint s'arrêter à sa hauteur, dans un ronronnement presque imperceptible.

Son cœur s'arrêta de battre lorsqu'elle reconnut la puissante silhouette, sur la banquette arrière. La vitre électrique s'abaissa, et un frisson courut le long de l'épine dorsale de Hollie. Moins à cause de la pluie qui gouttait dans son cou que parce que le regard de jais de Maximo Diaz la transperçait comme une dague.

— Montez ! lui intima-t-il.

2.

— Quelle direction ? lança Maximo à la jeune femme qui se glissait en frissonnant sur la banquette, à côté de lui, tandis que le chauffeur refermait la porte sur la violence des éléments.

— Je… je rentrais… chez moi.

C'était tout juste si elle ne claquait pas des dents, et Maximo s'étonna de trouver cela aussi charmant.

— Je m'en doute bien, dit-il sèchement. Où habitez-vous ?

— À la sortie de la ville, en direction d'Exeter.

Elle s'interrompit, tournant vers lui un regard empreint de gratitude.

— C'est très aimable à vous de me raccompagner, *señor* Diaz, ajouta-t-elle.

— Je n'ai pas vraiment la réputation d'être un homme aimable, mais il faudrait avoir un cœur de pierre pour laisser une jeune femme sur le bord de la route par une nuit pareille.

Dans la pénombre de la voiture, Maximo voyait des gouttes de pluie briller sur les joues de sa passagère.

— Êtes-vous d'accord pour que je vous reconduise ? reprit-il. Ou bien votre mère vous a-t-elle mise en garde sur le fait qu'il ne faut jamais monter dans la voiture d'un inconnu ?

— Vous n'êtes pas tout à fait un inconnu. Et puis, je ne vois pas comment je pourrais refuser votre proposition. Il fait un temps épouvantable. Je vous remercie. C'est… très gentil.

Maximo faillit éclater de rire. Il n'avait pas le souvenir

que l'on n'ait jamais employé des termes aussi positifs le concernant. Les infirmières qui avaient accompagné les derniers jours de sa mère n'auraient certainement pas souscrit à pareilles louanges. Comment encenser la gentillesse d'un fils qui négligeait sa mère mourante, et ne versait pas une larme en recueillant son dernier souffle ? En tout cas, c'était ce que ces femmes avaient dû penser de lui, ignorant tout de son histoire.

Repoussant les souvenirs d'un passé douloureux, il se tourna vers la jeune femme qui continuait à trembler de froid à ses côtés.

— Cessez donc de me donner du *señor* Diaz, lui enjoignit-il. Appelez-moi Maximo. Et attachez-vous.

— C'est ce que j'essaie de faire.

Écartant la main malhabile de sa voisine, Maximo se pencha vers elle pour fixer sa ceinture de sécurité. Ce faisant, il inhala des effluves qui évoquaient davantage le savon de toilette qu'un parfum de luxe. Cela lui parut tout aussi délicieux que plus tôt, dans le grand salon de l'hôtel.

Un instant, il se demanda si c'était par pur esprit chevaleresque qu'il était venu au secours de la belle. Comment nier qu'au cours de la soirée il l'avait véritablement désirée ? S'il s'était intéressé à elle, ce n'était nullement dans l'hypothèse d'en faire son assistante, comme il avait voulu s'en persuader lui-même.

Ce soir, l'image de douceur et de délicatesse qu'il avait précédemment associée à la jeune employée de l'agence s'était télescopée avec une variante bien plus coquine de sa personne. Et cette découverte inattendue avait fait naître en lui un désir particulièrement tenace.

Cependant, l'idée de pousser plus loin les choses ne l'avait même pas effleuré. À quoi bon ? La ravissante jeune femme résidait dans cette petite ville endormie, où lui-même ne faisait que passer.

Or Maximo s'était toujours gardé des aventures d'un

soir. D'expérience, il savait que ce genre de relation pouvait déboucher sur quelque chose de bien plus compliqué qu'il n'était souhaitable.

Les complications étaient quelque chose qu'il évitait comme la peste. Aussi, à son départ de la réception était-il persuadé qu'il ne tarderait pas à oublier cette rencontre. S'il advenait qu'ils se croisent à nouveau – ce que rien ne garantissait –, ce serait dans un tout autre contexte.

La secrétaire modèle aurait retrouvé sa sempiternelle tenue sans charme, et il aurait tout oublié de son éblouissement devant un costume manifestement conçu pour aguicher, avec sa jupe trop courte et son corsage étroitement moulant. Il y avait fort à parier qu'il ne lui jetterait même pas un coup d'œil, marquant ainsi la fin de l'épisode. *Adiós !*

L'intention de Maximo était de ne pas demeurer dans cette ville une seconde de plus qu'il ne serait nécessaire. Dès qu'il aurait signé l'acte de propriété du château, et mis en branle les projets qu'il formait pour la bâtisse, il tournerait les talons sans demander son reste.

Pourquoi avait-il fallu que le destin remette aussi vite sur son chemin sa rencontre d'un soir ?

Cette fois, elle n'avait plus rien du lutin aux longues jambes gainées de blanc et de rouge, mais tout d'une adolescente perdue dans la tempête, ébouriffée et tremblante de froid.

— Vous avez l'air frigorifiée, dit-il.

— Un peu.

Dans sa langue maternelle, Maximo demanda à son chauffeur de monter le chauffage de la voiture.

— C'est mieux comme cela ? demanda-t-il.

— Beaucoup mieux.

Changeant de position sur la banquette, elle ajouta :

— C'est bizarre, les coussins semblent chauds.

— Normal, puisqu'ils sont chauffés.

— Vous voulez dire que les sièges sont équipés d'un système de chauffage ?

— Ce n'est pas vraiment de la technologie de pointe. La plupart des véhicules modernes en sont dotés.

Un long silence suivit sa remarque.

— Je n'ai jamais eu de voiture, observa la jeune femme.

— Vous plaisantez !

— Pas du tout. Je n'en ai jamais eu besoin. À Londres, où j'ai vécu quelque temps, il était impossible de se garer. Et ici, ce n'est pas indispensable.

Se concentrant sur les maisons défilant derrière la vitre, elle ajouta :

— Il va falloir bientôt tourner à gauche. Juste après le prochain lampadaire.

Maximo chercha le regard du chauffeur dans le rétroviseur, et vit celui-ci acquiescer d'un hochement de tête.

— Comment vous débrouillez-vous sans voiture ? questionna-t-il, revenant sur le sujet.

— Je me déplace souvent à vélo. Les routes de campagne sont magnifiques au printemps.

Une image s'imposa à l'esprit de Maximo : celle d'une ravissante cycliste, ses longs cheveux soyeux flottant au vent, sur un chemin bordé de haies constellées de fleurs.

Il en était à rajouter quelques chants d'oiseaux à cette vision romantique, lorsqu'il entendit sa voisine claquer des dents.

— Vous ne semblez pas vous être réchauffée, fit-il remarquer.

— Pas vraiment. Mais je suis arrivée, c'est la dernière maison de la rue.

De la main, elle désignait une maisonnette à la façade sombre.

Le chauffeur vint se garer le long du trottoir, et Maximo lui fit signe de ne pas bouger. Car, déjà, lui-même sortait de la voiture et en faisait le tour pour tenir la portière ouverte à la jeune femme. Ce faisant, il ne put s'empêcher de se demander pourquoi il se mettait autant en peine. N'avait-il pas suffisamment joué au bon Samaritain en la reconduisant chez elle ? Mais, curieusement, il n'avait aucune envie de se montrer raisonnable. Pas plus qu'il n'était gêné par la pluie fouettant son visage.

— Vous allez être trempé ! entendit-il protester.

— Je survivrai.

Sur le visage levé vers lui, Maximo vit se peindre une expression indécise.

— Est-ce que vous… ?

Marquant une pause, la jeune femme jeta un coup d'œil en direction de la petite maison, puis leva les yeux vers lui avec l'air de faire appel à tout son courage.

— Est-ce que vous accepteriez une tasse de café ? reprit-elle. Juste pour vous remercier. Mais… non, c'est stupide ! Je ne sais pas pourquoi je vous propose cela. N'y pensez plus !

Elle secoua la tête pour marquer son embarras.

— Je suis certaine que vous êtes attendu ailleurs, conclut-elle.

Les doutes se reflétant sur la charmante physionomie faisaient écho à ceux qui se multipliaient dans la tête de Maximo. Que diable faisait-il là ? Il ne fréquentait ni ce genre d'endroit, ni ce genre de femme.

Cela faisait bien longtemps qu'il avait laissé derrière lui tout misérabilisme. Sans un regard en arrière.

— Je ne suis attendu nulle part, s'entendit-il répondre avec étonnement. Et un café serait le bienvenu. Mais hâtons-nous. Sinon, nous allons être tous les deux imbibés jusqu'à l'os.

Emboîtant le pas à sa guide, sur l'allée étroite, Maximo se morigéna intérieurement. Ne ferait-il pas mieux de retourner à sa voiture ? Une fois à l'abri dans sa luxueuse chambre d'hôtel, il s'absorberait dans le travail ou appellerait cette ravissante top-modèle qui le harcelait de messages enflammés depuis des mois.

Certes, il ne doutait pas de la déception qu'il provoquerait ainsi. Lui-même éprouverait peut-être un léger pincement au cœur. Mais ce ne serait qu'une émotion passagère. À ce jour, il n'avait encore jamais rencontré une femme qui continue à occuper son esprit si elle disparaissait de sa vie.

Malgré tout, Maximo se retrouva en train d'incliner la tête pour passer la porte du modeste cottage. L'atmosphère glacée le cueillit sur place, et ses épaules se crispèrent instinctivement comme il refermait la porte derrière lui. Son hôtesse avait-elle remarqué sa réaction ? Le fait est qu'elle eut un petit rire nerveux puis se lança dans une explication :

— Je sais, il fait glacial. Mais je n'allume pas le chauffage lorsque je suis absente.

À la vue de ce qu'il découvrit lorsqu'elle alluma un lampadaire, Maximo n'eut pas besoin de demander pourquoi. Peut-être aurait-elle argué du noble souci d'économie d'énergie, mais la véritable raison relevait indubitablement du manque de moyens.

En dépit des coussins colorés sur le canapé – manifestement cousus main – et de la saisissante beauté du lys rouge sombre dans son pot posé sur la table, le tapis élimé devant l'âtre ainsi que les rideaux un peu trop courts évoquaient des restrictions douloureusement familières à Maximo. Quand bien même il avait grandi dans le nord de l'Espagne, et non en Angleterre.

Son cœur se serra. Il y avait si longtemps qu'il vivait dans un tel luxe qu'il pensait avoir définitivement enseveli sous les strates du temps les souvenirs de la pauvreté. N'avait-il pas lutté obstinément pour oublier ? Mais voilà que tout remontait à sa mémoire avec un goût âcre.

Maximo se remémorait la sensation de faim et de froid, la fierté mise à survivre sans laisser percevoir les signes de la misère – le manteau trop peu épais pour vous prémunir contre le froid, les semelles trouées qui laissent s'infiltrer l'eau glacée.

Le plus insensé, c'était qu'il repensait à tout cela avec

une pointe de nostalgie. Dire que, quand il était pauvre, il ne rêvait que de devenir riche !

— Je vais faire du café.

La douce voix avait interrompu ses rêveries. Il s'interrogea devant l'expression anxieuse crispant le visage de la jeune femme.

Regrettait-elle de l'avoir invité ? Ou avait-elle cru lire de la réprobation dans le regard qu'il promenait à la ronde ? Lui avait-il donné l'impression qu'il la jugeait, alors qu'il n'avait aucun droit de porter un jugement sur quiconque ? Hormis sur lui-même, peut-être.

— Séchez-vous d'abord, dit-il. Le café peut attendre.

— Mais…

— Faites ce que je vous dis.

Il y avait tant d'autorité dans le timbre sourd de Maximo Diaz que Hollie n'eut d'autre choix que d'obtempérer. Le cœur battant, elle se précipita à l'étage pour se débarrasser de ses vêtements détrempés. Puis elle passa en revue les cintres dans son placard, et son choix s'arrêta sur une robe en lainage – sa tenue la plus raffinée.

Hollie avait presque du mal à réaliser qu'un homme – et quel homme ! – l'attendait dans son modeste salon. Les seuls individus de sexe mâle qui avaient jamais franchi le seuil du cottage étaient des ouvriers, envoyés par son propriétaire pour effectuer les réparations rendues nécessaires par la vétusté des équipements électriques.

Son tempérament introverti la faisait paraître distante aux yeux de bien des gens. Cependant, elle ne manquait pas d'excellentes raisons pour ne pas se montrer plus sociable. Tout d'abord, elle ne pouvait se permettre de dépenser en sorties ou invitations. Ne faisait-elle pas des économies pour ouvrir son salon de thé ? De plus, elle n'habitait pas le coin depuis assez longtemps pour s'être fait des connaissances.

Tout cela était la pure vérité, bien que ce ne soit pas le fond de la question.

À dire vrai, cette vie solitaire lui donnait le sentiment d'être protégée, à l'abri des déceptions et souffrances que risquait de lui infliger la fréquentation d'autrui.

Pourtant, elle avait transgressé ses règles de vie en invitant chez elle un milliardaire mondialement connu. Comment diable en avait-elle eu le courage ? Et qu'est-ce qui avait bien pu pousser ce dernier à accepter ?

Pour l'instant, le problème était qu'il allait lui falloir descendre le retrouver. Pour dire quoi ? Que pouvait-elle avoir en commun avec le richissime homme d'affaires espagnol ?

D'un certain côté, elle regrettait l'impulsivité qui lui avait fait émettre pareille invitation. En même temps, comment aurait-elle pu ignorer le délicieux frisson d'excitation au creux de son estomac ?

Était-ce mal d'éprouver pareille émotion à l'égard de quelqu'un que l'on ne connaissait presque pas ?

Plantée devant son miroir, Hollie tendit automatiquement la main pour attraper un élastique avec lequel attacher ses cheveux, puis la laissa retomber. Son épaisse crinière cascadant librement sur ses épaules, elle referma derrière elle la porte de sa chambre.

Les craquements de l'escalier auraient dû annoncer son arrivée, pourtant Maximo ne semblait pas l'avoir entendue. Pendant quelques secondes, Hollie demeura immobile à la porte du salon. Tout à coup, elle eut l'impression que quelqu'un avait agité une baguette magique, rajoutant à son intérieur banal une symphonie de couleurs vives. Et Maximo Diaz était au cœur de ce maelström éclatant.

Ayant déposé son élégante veste sur le dossier du canapé, il avait allumé le petit poêle à bois. À travers les vitres, on voyait des flammes orangées trembler au-dessus des bûches et, déjà, un nuage de chaleur commençait à se diffuser dans la pièce. Dire qu'elle s'était figuré qu'un homme aussi riche ne pourrait supporter de se salir les mains !

Mais ce qui étonna Hollie encore davantage, c'était la position qu'il avait adoptée. Assis sur ses talons, sur le vieux tapis devant l'âtre, Maximo semblait parfaitement à l'aise, le regard perdu vers les flammes qui mettaient des ombres dansantes sur son profil aristocratique.

Un frisson d'excitation parcourut Hollie, et un brasier s'alluma au creux de son ventre. Elle se retint de dire quoi que ce soit pour ne pas rompre le charme de cet instant. Pas encore. Car, dans quelques minutes, Maximo allait certainement revenir à la raison, se rappelant que son chauffeur l'attendait.

Sans faire de bruit, elle alla dans la cuisine préparer du café, puis revint dans le salon avec un plateau chargé de deux mugs. À voir briller une lueur mystérieuse dans les profondeurs ténébreuses du regard que Maximo leva vers elle, Hollie se sentit grelotter comme lorsqu'elle était dehors, sous l'averse.

Était-ce le fruit de son imagination, ou bien une étincelle admirative avait-elle enflammé les prunelles de jais, entre les paupières plissées ?

— Venez vous asseoir près du feu, ordonna-t-il.

Comment résister à cette voix de velours, dont Hollie avait l'impression qu'elle l'enveloppait dans un manteau de douceur ? Même si l'injonction avait été formulée sur un ton d'autorité inébranlable qui semblait naturel à Maximo !

Déposant le plateau sur le sol, Hollie se laissa tomber à côté de lui. Était-elle sur le point de s'embarquer dans une aventure insensée ? Situation dont toute personne un tant soit peu raisonnable se serait tenue à l'écart !

Sauf que Hollie avait froid, que le feu était agréablement réconfortant, et que le café sentait divinement bon. De plus, elle n'était quand même pas suffisamment écervelée pour s'imaginer que Maximo Diaz risquait de lui faire des avances !

— Peut-être auriez-vous préféré un verre de vin ? suggéra-t-elle.

— Pourquoi ? Est-ce votre cas ?

Hollie secoua la tête avec véhémence. Elle était déjà trop ébranlée par la proximité de cet homme. Un verre de vin était la dernière des choses dont elle avait besoin.

— Seigneur, non ! s'exclama-t-elle. Un café me convient parfaitement. J'espère juste que cela ne vous empêchera pas de dormir.

Les lèvres de Maximo s'incurvèrent en un sourire moqueur. Un bref instant, Hollie eut l'impression qu'il se préparait à ajouter quelque chose, puis il sembla ravaler sa remarque, s'adossant au vieux fauteuil derrière lui et allongeant ses longues jambes.

Pendant un moment, la pièce fut habitée par le genre de calme qui précède parfois la tempête. Le crépitement des bûches et ses propres battements de cœur étaient les seuls bruits que Hollie percevait. Dans la lumière tamisée, les yeux de Maximo brillèrent comme deux éclats de jais lorsqu'il tourna la tête vers elle et la dévisagea.

— Cela fait longtemps que vous vivez ici ? interrogea-t-il.

— À peine un peu plus d'un an. Avant, j'habitais Londres.

— Où vous n'aviez pas besoin de voiture.

Hollie lui décocha un grand sourire, ravie qu'il se souvienne.

— C'est exact, fit-elle.

— Et qu'est-ce qui vous a attirée à Trescombe ?

Comment répondre à cette question sans révéler qu'elle s'était fait escroquer par celle qu'elle prenait pour sa meilleure amie ? C'était le genre de confidence pénible qu'il valait mieux taire pour ne pas embarrasser son auditoire.

— J'ai toujours rêvé de créer mon propre salon de thé, dit-elle. Et j'ai appris qu'un centre commercial allait bientôt ouvrir dans le centre de Trescombe. C'est prévu pour le printemps, alors je travaille en attendant, de manière à mettre de l'argent de côté.

S'interrompant, Hollie jeta un coup d'œil au plateau posé entre eux, puis ajouta :

— Je suis désolée de ne pas vous l'avoir demandé plus tôt, mais souhaiteriez-vous manger quelque chose ?

Maximo s'obligea à sourire. Il avait conscience des efforts de son hôtesse pour le recevoir agréablement, et il savait qu'il ferait mieux de mettre un terme à sa visite plutôt que lui laisser entretenir des illusions. Néanmoins, il n'avait pas la moindre envie de bouger. Car, pour la première fois depuis bien longtemps, il se sentait étonnamment à l'aise.

L'ameublement sans prétention, la douce chaleur du poêle, tout cela lui paraissait étrangement plaisant. Autant que la présence bienveillante à ses côtés.

À vrai dire, pour quelqu'un qui avait la réputation de ne jamais tenir en place, Maximo aurait presque été capable de se laisser aller complètement – n'eût été la tension quasi palpable qui s'installait progressivement entre lui et son hôtesse.

Tous ses sens en alerte, il déglutit lorsque ses yeux se posèrent sur les douces rondeurs qui tendaient le jersey de la robe, sur les mamelons durcis si parfaitement visibles.

Cela faisait quelque temps que Maximo n'avait pas eu de relation intime, mais il ne pouvait manquer de décrypter le message subliminal que lui adressait la charmante Mère Noël.

Et cela le rendait fou.

Se rendait-elle compte que ses pupilles s'assombrissaient chaque fois qu'elle tournait le regard vers lui ? Avait-elle conscience de caresser ses lèvres de la pointe de la langue, comme un chat devant une coupelle de lait ?

Maximo mourait d'envie d'attirer la jeune femme dans

ses bras pour vérifier si ses lèvres étaient aussi douces qu'il y paraissait.

— Pourquoi ne laissez-vous pas plus souvent vos cheveux lâchés ? questionna-t-il à brûle-pourpoint.

La demande sembla la surprendre, car elle porta la main aux mèches soyeuses qui ondulaient presque jusqu'à sa taille.

— Je ne sais pas, répondit-elle en haussant les épaules. Parce que c'est plus pratique, je suppose.

— Est-ce à dire que vous ne vous permettez jamais un peu de fantaisie ?

— Je préfère éviter. La vie est plus facile comme cela. Plus rassurante.

Caressant pensivement l'ombre de barbe à son menton, Maximo objecta :

— Ne trouvez-vous pas que ça rend la vie un peu ennuyeuse ? Quel âge avez-vous ?

— Vingt-six ans.

— Et il ne vous arrive jamais de jeter la prudence par-dessus les moulins pour faire quelque chose de totalement inattendu ?

— Pour être honnête, ce n'est pas le genre de pensée qui me traverse l'esprit, habituellement.

Le cliquetis de la tasse sur la soucoupe attira le regard de Maximo sur les mains de la jeune femme. Il les vit trembler, et elle reposa aussitôt l'ensemble sur le plateau.

— Eh bien, dit-il, pour une fois peut-être pourriez-vous modifier vos habitudes ? Par exemple, comment réagiriez-vous si je répondais au désir implicite que je lis dans vos yeux, et que je vous prenais dans mes bras ? Si je glissais les doigts dans vos cheveux, pour voir s'ils sont aussi doux qu'il le semble à la lueur du feu ?

— Je… je ne peux pas…

Maximo vit la jeune femme déglutir avec peine.

— Je ne peux même pas imaginer que vous fassiez une chose pareille, conclut-elle.

— Vraiment ?

Il n'avait pu ignorer la pointe d'espoir dans la protestation. Ce fut sans un mot que Maximo y répondit. Il tendit la main et emprisonna une mèche des longs cheveux entre ses doigts.

— Pourtant, je n'ai pensé qu'à cela toute la soirée, reprit-il.

Pendant quelques secondes, il se contenta d'écouter le souffle saccadé à ses côtés. Cela ne fit qu'accroître son désir.

— Vous savez ce qui va se passer ensuite, pas vrai ? interrogea-t-il.

Elle fit non de la tête, le regardant avec de grands yeux.

— Bien sûr que si, vous le savez, insista-t-il.

— Dites-le-moi, murmura-t-elle, comme un enfant réclame une histoire.

— Je vais vous embrasser.

Leurs regards se mêlèrent.

— Oui…, murmura la jeune femme en opinant de la tête. Embrassez-moi. S'il vous plaît.

Alors, Maximo se servit des longs cheveux comme d'une corde, pour attirer à lui ses lèvres offertes. Et il sentit tout son corps vibrer d'une envie dévorante.

3.

Maximo l'embrassa encore et encore, jusqu'à ce que Hollie ne puisse retenir des gémissements impatients, exprimant tacitement son désir effréné.

Elle s'étonna de ne pas appréhender ce qui allait suivre. Aucune crainte ne l'effleurait.

S'écartant, Maximo planta dans le sien un regard de braise, où flamboyait la passion. Doigts noués dans la masse de ses cheveux, il murmura contre ses lèvres :

— Tu ne crois pas que nous devrions chercher un endroit plus confortable ?

— Oui…, souffla Hollie.

Aurait-elle dû faire semblant d'hésiter ? se demanda-t-elle. Cette préoccupation s'évapora à la seconde même où Maximo la souleva du sol pour l'emmener à l'étage, avec l'autorité souveraine qu'elle avait imaginée dans ses rêves les plus fous. Tandis qu'il gravissait l'étroit escalier, Hollie n'entendait que les battements de son propre cœur mêlés aux craquements des degrés en bois.

— Où se trouve ta chambre ? s'enquit-il une fois sur le palier.

Ce n'était guère le moment de révéler qu'il n'y en avait qu'une. Aussi Hollie se contenta-t-elle d'un signe du menton en direction de la porte, regrettant de n'avoir pas mis d'ordre dans la pièce.

À son grand soulagement, Maximo ne sembla remarquer ni le cardigan négligemment jeté sur l'unique chaise, ni la pile de livres de cuisine en équilibre instable sur la table de chevet. Avec délicatesse, il la déposa au sol et, lorsqu'il reprit la parole, ce fut avec un accent bien plus marqué que de coutume.

— Tu es bien trop couverte, grommela-t-il en promenant ses mains sur le corps frissonnant de Hollie. Et je regrette que tu n'aies pas gardé ton déguisement. J'aurais adoré déshabiller un lutin pour la première fois de ma vie.

Était-ce à croire qu'il n'aimait pas sa robe ? s'interrogea Hollie. Certes, elle devait lui paraître bien trop austère en comparaison du costume dans lequel il l'avait découverte.

Les inquiétudes qui l'assaillaient furent balayées d'un coup lorsque Maximo lui ôta ladite robe avec maestria, la faisant passer par-dessus sa tête, puis la libéra de ses collants.

— Tu trembles de froid, observa-t-il.

— Je... je ne chauffe pas... beaucoup... l'étage, bredouilla-t-elle.

— Et c'est la seule chose qui te fait frissonner ?

La pointe de malice, dans la voix de Maximo, fit sourire Hollie. Était-ce cela qui lui permit de s'enhardir jusqu'à refermer une main sur la nuque puissante pour l'attirer à elle et effleurer ses lèvres des siennes ?

— Pas seulement ça, non, murmura-t-elle.

Il laissa échapper un petit rire ravi, puis rabattit la couette et poussa doucement Hollie pour la faire s'allonger.

— Alors, pourquoi ne commencerais-tu pas à réchauffer le lit ? suggéra-t-il en la couvrant. Pendant ce temps, je me débarrasse de mes vêtements.

La bouche sèche, elle le dévora des yeux tandis qu'il retirait sa chemise, puis portait les mains à la ceinture de son pantalon. Heureusement que la pièce était plongée dans une semi-pénombre, se réjouit-elle intérieurement, car cela aidait peut-être à dissimuler la rougeur qui lui montait aux joues en le voyant faire glisser la fermeture de sa braguette.

Cependant, elle ne détourna pas le regard une seule

fois. Même quand il dégagea sa virilité triomphante de son boxer-short. Pourtant, c'était la première fois de sa vie qu'elle contemplait un homme dans le plus simple appareil.

Et quel homme !

Maximo vint la rejoindre dans le lit, l'entourant de ses bras aux muscles saillants. Le sentiment de sécurité qui submergea Hollie, dans ce cocon de douce chaleur, lui fit enfouir le visage contre son épaule. Elle était en proie à une émotion soudaine sur laquelle il lui était impossible de mettre un nom.

— *Mia belleza…* , souffla-t-il dans ses cheveux, tandis que ses mains naviguaient sur la chair frémissante de Hollie.

Elle ne tarda pas à fondre de plaisir. Mais lorsqu'il dégrafa son soutien-gorge, dégageant ses seins lourds de leur carcan, puis aspira goulûment un téton raidi, elle fut submergée d'une volupté qui la mit au bord de l'évanouissement.

Comment était-il possible qu'elle n'éprouve pas une once de gêne ? Il ne restait presque plus rien pour la dissimuler au regard de Maximo. Hormis un triangle de tissu imprégné du feu liquide qu'elle sentait sourdre entre ses cuisses, tandis qu'elle se cramponnait aux sculpturales épaules comme si sa vie en dépendait.

Car c'était bien de cela qu'il s'agissait. L'impression de n'avoir jamais été véritablement vivante avant que Maximo ne l'embrasse. Celle d'être en danger de mort si tout cela s'arrêtait.

Tout cela… la fulgurance du désir qui la transperçait comme une flèche incandescente.

— Maximo…, gémit-elle d'une voix qu'elle ne reconnut pas. C'est… *fantastique*.

Abandonnant sa poitrine, la tête brune se releva. Maximo se hissa jusqu'à elle pour reprendre sa bouche. Il insinua la langue entre les lèvres de Hollie, et elle accepta le duel qu'il proposait, se délectant de découvrir une intimité inconnue d'elle, plaquant sa poitrine contre le torse dénudé. Comme si, par le simple contact de ses mamelons aussi durs que la pierre, elle s'efforçait de faire comprendre à Maximo toute la puissance de son désir.

Il perçut sa prière muette, et laissa sa main descendre jusqu'à venir promener l'extrémité d'un index sur l'étoffe humide de son entrejambe. Hollie fut secouée d'un hoquet de surprise ravie lorsque Maximo titilla le bourgeon gonflé de désir.

— Toi aussi, tu es fantastique, souffla-t-il contre sa bouche. Je n'aurais jamais imaginé que tu sois tellement…

— Tellement, quoi ? questionna-t-elle dans un hoquet.

Semblant retrouver en partie son sang-froid, Maximo tirailla l'élastique de sa banale culotte en coton.

— Eh bien, tout d'abord, que tu sois tellement vêtue.

Un instant, il poursuivit d'un doigt ses délicieux effleurements, faisant frémir Hollie de plaisir autant que de frustration. Ensuite il fit glisser, le long de ses jambes, la culotte qu'il expédia rejoindre les vêtements éparpillés au sol.

— Mais tu es aussi tellement sexy ! Et si étonnamment ardente. C'est comme si tous mes fantasmes s'incarnaient en toi. Qui l'eût cru ?

Posant la main à plat sur le torse d'airain, Hollie fut éblouie par la vision qu'offrait l'épiderme couleur bronze à la lueur diffuse de la lampe de chevet. Timidement, elle se risqua à agacer du pouce l'un des mamelons bruns. Sentir Maximo frissonner sous la caresse lui donna l'audace de lui retourner le compliment.

— Toi aussi, tu es tout ce dont j'ai rêvé, murmura-t-elle.

Maximo s'immobilisa aussitôt, puis releva la tête. Dans le regard dardé sur elle, entre les paupières plissées, Hollie ne put manquer de percevoir la subite méfiance mettant des étincelles dans les profondeurs de jais.

— Sauf que rêves et fantasmes n'ont rien à voir avec la réalité, dit-il d'une voix douce. Nous en sommes conscients *tous les deux*, n'est-ce pas ?

— Bien sûr ! acquiesça Hollie, hochant la tête avec véhémence.

Car, d'instinct, elle avait compris ce que voulait Maximo. Ou, plutôt, ce dont il ne voulait *pour rien au monde*.

Il n'était pas question qu'elle tombe amoureuse !

Pour être honnête, c'était ce que Hollie ne s'autoriserait surtout pas. Bien qu'elle ne connaisse pas grand-chose à la gent masculine, elle s'était rendu compte au premier abord que Maximo Diaz était la dernière personne sur qui jeter son dévolu. D'accord, il la fascinait depuis leur première rencontre. Et cette fascination n'avait fait que croître de jour en jour. Néanmoins, elle n'était pas stupide.

Se retrouver nue dans un lit avec lui était une chose qu'elle n'aurait jamais imaginée possible. Même pas dans ses rêves les plus fous ! Pourtant, cela était arrivé. Et d'une manière qui faisait qu'elle se sentait à l'aise avec son propre corps pour la première fois de sa vie. De cela, elle lui était particulièrement reconnaissante.

Alors, pourquoi s'interdirait-elle de profiter pleinement de ce qui n'allait pas manquer d'advenir ?

Hollie n'avait jamais dévié du sentier rectiligne du conformisme – par souci d'éviter les dangers, avant tout. Mais Maximo avait raison. Il était peut-être temps qu'elle renonce à ses habitudes de sérieux, pour se risquer à l'imprévu. Pour la première fois de sa vie, elle avait furieusement envie de se montrer impulsive.

Elle n'avait jamais été amoureuse. Témoin involontaire – à travers le couple de ses parents – des désastreuses répercussions d'émotions aussi dangereusement fluctuantes que la passion, elle s'était gardée même de toute amourette. Du coup, avec aucun des quelques garçons brièvement fréquentés elle n'avait jamais accepté d'aller au-delà du flirt.

Hollie avait fini par se convaincre qu'elle faisait partie de ces femmes qui n'éprouvent aucun désir physique. Celles que l'on avait tendance à railler, en les qualifiant de « frigides ».

Sauf que Maximo Diaz était en train de lui apporter la preuve qu'elle se trompait : son corps fonctionnait à merveille.

Cependant, cela ne devait pas l'entraîner à élaborer quelque chimère que ce soit au sujet du milliardaire ibérique. En aucune manière ! Ce ne serait pas simplement irréaliste, mais totalement déraisonnable.

Elle ferma les yeux lorsque Maximo s'empara à nouveau de ses lèvres, tout en glissant une main entre ses cuisses. En réponse, Hollie enserra de ses bras les épaules athlétiques, comme s'il était son roc, son ancre.

Comment était-il possible qu'elle se sente aussi bien, quand la langue experte d'un homme avait pris possession de sa bouche ? Quand de longs doigts écartaient les pétales humides de sa féminité pour titiller le bouton qui s'y cachait, avec une précision divinement diabolique ? Mais ce n'était plus le moment de se perdre en réflexions inutiles. D'ailleurs, Hollie n'en était plus capable, car le désir tendait tous ses muscles comme les cordes d'un violon.

— *Maximo !* lâcha-t-elle dans un hoquet.

Il releva la tête, et dans son regard Hollie vit briller un mélange de passion et d'ironie.

— Qu'y a-t-il ? interrogea-t-il d'une voix rauque.

Elle ne savait si elle devait lui dire d'arrêter, ou de ne *jamais* arrêter. Puis la situation lui échappa quand ses muscles internes se contractèrent autour des doigts que Maximo insérait en elle, et qu'elle fut secouée par une succession de spasmes tellement intenses qu'un cri inarticulé monta du plus profond de son être. Alors, le monde se fractionna en un kaléidoscope aux couleurs chatoyantes.

Peu à peu, elle retrouva ses esprits, redescendant du septième ciel lentement, voluptueusement. Elle avait vaguement conscience que Maximo la contemplait, attendant manifestement que s'apaisent les dernières secousses de son orgasme. Après avoir déposé un baiser sur chacun de ses mamelons encore parcourus de picotements, il tendit le bras vers la table de nuit pour attraper quelque chose qu'il avait dû y déposer sans qu'elle s'en rende compte. Certainement un préservatif, songea-t-elle. Car Hollie n'ignorait rien des règles incontournables lors d'un rapport sexuel, quand bien même elle ne les avait jamais pratiquées. Se protéger était indispensable !

Avec l'impression de faire preuve d'un voyeurisme éhonté, elle observa attentivement Maximo déroulant l'étui de latex sur son membre dressé.

Comment se faisait-il qu'elle n'éprouve pas la plus légère crispation d'embarras ? s'étonna-t-elle. Ou même une petite appréhension à l'idée de ce qui allait se passer ?

Mais rien de tout cela. Hollie était simplement perdue dans un état de langueur rêveuse qui lui fit ouvrir largement les bras, heureuse d'accueillir le poids de ce corps tiède, lorsque Maximo vint s'allonger sur elle.

Elle s'émerveilla du fait que la musculature d'airain soit gainée d'un épiderme aussi doux que du satin. Le contact du long membre érigé, plaqué contre son ventre, lui fit écarter instinctivement les cuisses, en un geste dicté par un savoir inné. Une intuition naturelle qui permettait à la chaste innocente qu'elle était de donner l'impression d'agir en toute connaissance de cause.

Un petit rire monta de la gorge de Maximo, et il se mit en position au-dessus d'elle, tout en effleurant des siennes les lèvres de Hollie. Elle devina l'extrémité de son sexe durci flirtant avec son entrejambe.

— Tu veux vraiment, *mia belleza* ? questionna-t-il.

— *Sí*, répondit-elle, le faisant sourire.

Le sourire s'effaça des lèvres de Maximo lorsqu'il se glissa en elle. Un bref instant, il ferma les yeux. Puis il les rouvrit, tout son corps tendu à l'extrême, dardant sur Hollie un regard inquisiteur.

— C'est ta première fois, c'est ça ? s'assura-t-il.

Hollie ne put que hocher la tête. Était-ce une pointe

d'incrédulité qu'elle avait perçue dans la voix grave ? La gorge nouée, elle était incapable de prononcer la moindre parole tant elle était terrifiée que Maximo ne change d'avis.

Allait-il encore vouloir d'elle, maintenant qu'il savait que personne n'en avait voulu avant lui ?

Sauf qu'en cela elle avait tort. Complètement tort.

Posément, il passa les mains sous les fesses de Hollie pour la hisser plus près de son bassin, de manière à ce qu'ils soient pratiquement soudés l'un à l'autre. Ensuite, il reprit ses lèvres en un long baiser impérieux. Le seul fait de sentir la bouche de Maximo dévorer la sienne suffit à ce que Hollie s'abandonne complètement. Elle s'ouvrit à lui, tandis qu'il se mettait en mouvement, l'emplissant totalement. La sensation de cette chair dure et palpitante plongeant en elle – faisant de leurs deux corps une seule et même entité – la bouleversa comme jamais rien d'autre auparavant.

Était-ce de son propre chef qu'elle noua les jambes autour de la taille de Maximo pour l'attirer plus profondément, ou bien la guida-t-il ? Hollie n'aurait su dire. La seule chose dont elle avait conscience, c'était que les sensations divines qu'il lui avait fait connaître un peu plus tôt recommençaient à croître en elle, l'entraînant de plus en plus haut vers un nouveau paroxysme de plaisir.

Ce fut au moment où elle s'y attendait le moins qu'elle se sentit basculer dans un précipice sans fond, avec un long cri de plaisir.

Ses muscles intimes pulsèrent autour du sexe de Maximo en une succession de contractions frénétiques, et il accéléra ses coups de reins, grommelant des mots sans suite, en espagnol.

Les convulsions qui le secouèrent semblèrent ne devoir jamais cesser, tandis que Hollie enregistrait une multitude de sensations nouvelles. Elle percevait chaque bouffée d'oxygène emplissant ses poumons alors qu'elle s'efforçait de reprendre son souffle, chaque battement sourd dans sa poitrine.

Un voile de transpiration nacrait les épaules de Maximo, et elle perçut les effluves d'un parfum âcre et distinctement viril dans l'air qui les entourait. Puis ce fut la pression du grand corps reposant sur elle de tout son poids – aussi lourd que l'étaient ses propres paupières.

Hollie exhala un long soupir, et elle se blottit contre Maximo, cédant au sommeil. Cependant, elle ne tarda pas à reprendre conscience en le sentant durcir de nouveau en elle. Elle lâcha un petit cri, trahissant son désir renouvelé. Nouant les bras autour du torse musclé, elle se remit à rouler des hanches contre lui, murmurant dans son cou des plaintes inarticulées.

— Non, attends !

La brusque exclamation mit un coup d'arrêt à l'exaltation croissante de Hollie. Elle sentit Maximo se retirer avec précaution, puis il s'écarta d'elle, s'allongeant sur le dos. Au comble de l'embarras, elle le vit ôter prudemment le préservatif, avant de se lever. Les cheveux en bataille, il la dominait de toute sa hauteur, posant sur elle un regard indéchiffrable.

— Où est la salle de bains ? l'interrogea-t-il.

Sous l'effet de la surprise, Hollie eut du mal à produire une réponse cohérente.

— Au… au bout… du couloir, bredouilla-t-elle.

Lorsque Maximo eut quitté la chambre, elle s'efforça de mettre un peu d'ordre dans la confusion de son esprit.

Dire qu'elle venait de faire l'amour avec un homme qui ne connaissait même pas l'agencement de sa maison ! songea-t-elle, un peu honteuse.

Aussitôt, elle se reprocha cette réflexion. De quoi diable devrait-elle avoir honte ? Il était hors de question qu'elle joue les vierges effarouchées.

Elle avait simplement eu une relation sexuelle avec un

homme qui lui plaisait. Et cela avait été fabuleux. C'était le genre de choses que faisaient des millions de femmes à la surface de la planète. Hollie venait enfin de se joindre au club. Il était grand temps, et il n'y avait rien de mal à cela.

Se redressant dans le lit, elle passa les doigts dans sa chevelure en désordre, à l'instant où Maximo revenait dans la pièce avec une nonchalance montrant clairement combien il se sentait à l'aise dans sa glorieuse nudité.

Hollie s'attendait à ce qu'il récupère ses vêtements et les enfile – ce qu'elle aurait tout à fait compris. Or quelle ne fut pas sa surprise en voyant qu'il revenait se glisser sous la couette !

Fallait-il qu'elle n'ait aucune confiance en elle pour se figurer qu'il tournerait les talons sans demander son reste ? Elle était presque mortifiée d'en prendre conscience.

Se tournant vers Maximo, à ses côtés, elle attendit qu'il prenne la direction des opérations. Car elle n'avait pas la moindre idée de la manière dont une femme était censée se comporter en pareilles circonstances. S'attendait-il à ce qu'elle l'encense et le remercie de lui avoir fait vivre l'expérience la plus sensationnelle de toute sa vie ? Ou devait-elle afficher un calme olympien, comme si tout cela n'avait guère d'importance à ses yeux ?

Quel dommage qu'aucune jeune femme, suffisamment audacieuse pour cela, n'ait jamais écrit un manuel de règles d'étiquette pour premier rapport sexuel !

Maximo demeurait immobile. Allait-il se décider à l'embrasser comme elle le désirait ? Au lieu de quoi, il se tourna vers elle et se contenta d'écarter du doigt une mèche en travers de son front. Puis il la dévisagea de son regard sombre, lui donnant l'impression qu'un projecteur était braqué sur elle.

— C'était la première fois pour toi, dit-il sur un ton plus affirmatif qu'interrogateur.

Déglutissant difficilement, Hollie se désola à l'idée de devoir être soumise à un interrogatoire qui la ferait passer inévitablement pour un phénomène de foire.

— Effectivement, dit-elle. Ça t'ennuie ?

Fronçant les sourcils, Maximo eut l'air de réfléchir un instant, avant de lâcher :

— Pourquoi est-ce que cela m'ennuierait ? Tu es adulte et consentante. Coucher avec moi était *ta* décision. Je suis plutôt flatté que tu m'aies choisi pour premier amant. Ce qui m'étonne, c'est que tu aies attendu aussi longtemps pour franchir ce pas.

Que pouvait-il bien espérer comme réponse ? s'interrogea Hollie. Qu'elle avait patienté jusqu'à rencontrer un homme aussi séduisant que lui ?

Maximo Diaz n'avait pas besoin que l'on regonfle son ego ? Il n'attendait certainement pas cela.

— Faut-il vraiment qu'il y ait des raisons ? questionna Hollie.

Le haussement d'épaules de Maximo impulsa à sa musculature un mouvement particulièrement troublant.

— La plupart des femmes se préservent pour celui avec lequel elles pourront s'engager dans une relation de longue durée, répondit-il.

Était-ce une accusation, ou un reproche ? s'interrogea Hollie. L'avait-elle déçu en cédant trop vite ?

— Peut-être que je ne suis pas semblable à la plupart des femmes, observa-t-elle.

— En effet. J'avoue que tu as une personnalité assez surprenante. Je dois dire que tu m'as passablement déconcerté. Crois-moi, cela n'arrive pas souvent !

Laissant échapper un petit rire, Maximo darda sur Hollie un regard brillant. Leurs corps se frôlaient, et elle sentait son épiderme moite de sueur effleurer le sien.

— Je me demande bien laquelle des deux personnes qui cohabitent en toi est la bonne, reprit-il. Est-ce l'employée efficace et discrète, cachée derrière son bureau ? Ou l'hôtesse délurée dans son costume provocant, qui tortille du postérieur de manière fort suggestive ?

— C'est à cause des chaussures que je marchais comme ça, protesta Hollie. On me les avait prêtées.

— Ah, donc ce sont les chaussures qu'il faut incriminer ?

Une lueur moqueuse brillait dans le regard de jais.

— C'est ça ! s'exclama Hollie. Moque-toi de moi !

— Je plaisante, *mia belleza*. Mais c'est juste parce que je n'ai qu'une envie : t'embrasser à nouveau, et te…

— Me faire l'amour ?

À percevoir la tension qui habitait subitement Maximo, Hollie se reprocha amèrement son audace.

— Eh bien, rétorqua Maximo, c'est une façon de présenter les choses. Sauf que ce que nous allons faire n'a rien à voir avec l'amour, ne l'oublie pas.

Il s'interrompit, et Hollie nota la crispation qui déformait le beau visage au teint hâlé.

— L'amour est un concept inventé par la société, reprit-il. Il tient lieu de gratification ou de menace. C'est aussi une dangereuse chimère.

Hollie ouvrait la bouche pour objecter face à pareil cynisme, lorsqu'elle se rendit compte qu'elle n'était pas franchement en désaccord.

N'avait-elle pas vu sa propre mère promener à la ronde le prétendu « amour » qu'elle vouait à son époux ? Comme un talisman qu'elle exhibait partout et devant tous, lui accordant une place tellement prépondérante dans sa vie qu'elle en avait oublié de se soucier de sa fille.

— Tout à fait d'accord, dit-elle. Mais si l'amour n'a rien à voir dans l'affaire, alors de quoi s'agit-il ?

Une fraction de seconde, Hollie s'alarma de sa propre hardiesse. Mais ne faisait-elle pas déjà preuve d'une extrême impudence à être nue dans ce lit, rayonnante de satisfaction physique, auprès d'un homme qu'elle connaissait à peine ?

Le frémissement insistant qu'elle sentait se réveiller au cœur de sa féminité lui fit comprendre qu'il était temps d'en finir avec arguties et discussions.

Comme s'il l'avait deviné implicitement, Maximo tendit une main pour déposer une caresse sensuelle sur sa joue, puis son cou, s'attardant sur la veine qui palpitait follement à sa base. Hollie fut parcourue d'une myriade de frissons tandis qu'il descendait très lentement jusqu'à sa poitrine. Elle eut l'impression qu'il mettait une éternité à atteindre le mamelon et à entreprendre de le titiller, esquissant un petit sourire lorsque la pointe en devint aussi dure qu'un éclat de diamant. Tout ce temps, il n'avait cessé de soutenir son regard, et Hollie se rendit compte qu'il n'avait toujours pas répondu à sa question.

À croire que Maximo lisait dans ses pensées, il déclara alors :

— Il s'agit seulement de sensations. Et ce sont les plus délicieuses qui puissent exister. Tu ne crois pas ?

— Oui, souffla Hollie, pensivement. Mais je suppose que tu as dû éprouver la même chose maintes fois.

— C'est vrai. Pas récemment, cependant…

Elle faillit demander ce qu'il entendait par là, puis décida que cela ne la regardait en rien. De plus, ses réponses la laisseraient certainement sur sa faim.

Voyant qu'elle ne poussait pas plus loin – ce dont il sembla s'étonner –, Maximo se rapprocha d'elle.

— Pourquoi ne pas nous contenter de profiter du moment présent ? enchaîna-t-il d'une voix douce. Je pourrais renvoyer mon chauffeur, et nous aurions tout le temps de nous donner du plaisir. Je te montrerais bien des façons différentes d'atteindre l'orgasme. Nous pourrions explorer chacun le corps de l'autre. Le tien est vraiment…

Hollie fut envahie par un sentiment d'indicible puissance

en sentant les doigts de Maximo glisser nonchalamment le long de son sternum jusqu'à son ventre.

— Oui… Quoi ? lâcha-t-elle dans un souffle.

— *Está magnífico !* Tellement doux, tellement féminin, tellement généreux…

Tout en répondant d'une voix voilée, Maximo avait entrepris de pétrir la chair de Hollie avec une volupté qui la fit gémir.

— J'ai envie d'être à nouveau en toi, reprit-il. Profondément. Autant de fois que j'en serai capable. Est-ce que tu en as envie, toi aussi ?

Comment n'aurait-ce pas été le cas ? s'interrogea Hollie en hochant la tête avec véhémence.

Sauf qu'elle ne devait pas oublier la condition qui allait avec la proposition de Maximo : *juste pour une nuit.*

N'avait-il pas suffisamment insisté sur le fait qu'il ne lui fallait pas espérer davantage ? Au moins, il se montrait complètement honnête. C'était un bon point pour Hollie, élevée dans l'idée que tous les hommes n'étaient que des menteurs invétérés.

Elle vit Maximo tendre le bras et attraper son pantalon sur le sol. Il extirpa un téléphone de la poche, puis échangea quelques mots dans sa langue avec son chauffeur. Ensuite, ce fut un préservatif qu'il retira de son portefeuille.

À cet instant, Hollie se sentit véritablement adulte, pour la première fois de sa vie.

N'était-elle pas en train de vivre pleinement sa première expérience sexuelle ?

Le bel hidalgo lui avait fait atteindre l'orgasme deux fois déjà, et il avait bien l'intention de recommencer.

Décidément, Noël était en avance, cette année !

S'installant confortablement sur les oreillers, Hollie eut un délicieux frisson d'anticipation lorsque Maximo se mit à la caresser en dardant sur elle ce regard de jais qui la faisait fondre.

Ce fut alors qu'il chamboula sa belle euphorie, en soufflant tout contre sa bouche :

— Te rends-tu compte que je ne connais même pas encore ton prénom ?

4.

Fermant les yeux, Hollie marmonna une sorte de prière. Lorsqu'elle les rouvrit, ce fut pour constater que son vœu n'avait pas été exaucé. Autour d'elle, rien n'avait changé. Par la fenêtre de son minuscule cottage, son regard découvrait toujours les éclairages de Noël de la maison d'en face. Et elle demeurait la même que quelques secondes auparavant.

Enceinte.

Enceinte d'un milliardaire espagnol.

Et il lui fallait en informer Maximo. Plus elle attendrait, plus ce serait difficile.

Dire qu'elle avait renoncé à sa virginité pour un homme qu'elle connaissait à peine ! Hollie se devait d'admettre qu'elle n'aurait pu choisir pire candidat comme premier amant. Un play-boy de renommée internationale qui n'avait été que trop impatient de mettre toute la distance possible entre eux, au lendemain de leur brève rencontre.

Le moins qu'elle puisse dire, c'était que leur nuit ne s'était pas achevée sur une note très positive. Hollie avait espéré que Maximo s'attarderait un peu, au matin. Elle avait même envisagé de lui faire des pancakes pour le petit déjeuner. Son objectif secret était de l'impressionner par ses talents de cuisinière. Ne disait-on pas que c'était le chemin le plus court pour atteindre le cœur d'un homme ?

Sauf que Maximo avait quitté le lit à peine l'aube commençait-elle à poindre. Le ton brusque sur lequel il s'était adressé à elle aurait dû être une indication suffisante de ce qui suivrait.

— Je ferais mieux d'y aller, avait-il dit. J'ai appelé mon chauffeur.

— Oh ! vraiment ? *Déjà ?*

— Oui, vraiment. On m'attend pour une réunion.

C'était une heure curieusement matinale pour une réunion, avait songé Hollie avant de se rendormir.

À son réveil, Maximo avait disparu.

Il s'était écoulé pratiquement une semaine avant qu'elle ne prenne conscience qu'il n'avait nulle intention de la recontacter. Certes, c'était dans le droit-fil de ce qu'il lui avait laissé entendre. Cependant, elle n'avait pu empêcher une ridicule petite lueur d'espoir d'élire domicile dans son cœur. Peut-être changerait-il d'avis…

Hélas, pas le moindre coup de fil ! Pas de visite inopinée à l'agence pour lui demander si – par hasard – elle serait libre à déjeuner. Bien sûr qu'elle l'aurait été !

L'achat du château était désormais conclu. Toute la ville bruissait d'impatience dans l'attente du démarrage des travaux de rénovation. C'était probablement pour lancer les choses que Maximo était revenu dans le Devon, après une absence de plusieurs semaines.

À l'agence, profitant de ce que Janette s'était éclipsée pour un rendez-vous chez la manucure, Hollie avait exploré divers dossiers jusqu'à trouver le numéro de portable de l'homme d'affaires. Puis elle avait envoyé un SMS, demandant à le rencontrer de toute urgence.

La réponse de Maximo avait été directe et concise. Certains l'auraient même qualifiée de grossière.

Je suis très occupé.

Hollie aurait adoré rétorquer qu'il pouvait aller se faire voir. Sauf qu'il en aurait été ravi. En ruminant sa colère, et d'une main tellement tremblante qu'elle eut besoin de s'y reprendre à plusieurs fois, elle écrivit son message en retour :

Je n'en doute pas une seconde, mais j'ai absolument besoin de te parler de vive voix.

Au bout d'une heure entière, son téléphone finit par vibrer, affichant une concession manifestement accordée à contrecœur :

Je t'accorde une demi-heure. Ce soir, à 18 heures. Où ?

Cela demandait réflexion. Certes, Hollie jugeait préférable que cette rencontre ait lieu en terrain neutre. Cependant, elle ne pouvait prendre le risque d'un esclandre en public. Pas dans une petite ville où les langues allaient bon train. Le souvenir de la présence de Maximo dans son petit cottage ne cessait de la hanter désagréablement ; néanmoins, c'était encore le meilleur endroit. Elle se força à écrire :

Peux-tu venir jusque chez moi ? J'espère que tu n'as pas oublié l'adresse.

Cette fois, la réplique laconique ne se fit pas attendre.

Entendu.

Tout en se reprochant sa stupidité, Hollie consacra la fin de l'après-midi à confectionner des biscuits en prévision de la visite de Maximo. Elle les avait même disposés sur sa plus jolie assiette en porcelaine. Plutôt s'occuper à quelque chose, avait-elle pensé, que d'arpenter son petit salon dans l'attente du ronronnement de la limousine. Ce qui était parfaitement ridicule, c'était qu'elle avait choisi de faire des sablés pour la seule raison que Maximo avait mentionné en être friand.

Vraiment, c'était pathétique !

Croyait-elle l'amadouer de la sorte ? Espérait-elle qu'il allait la rassurer, lui dire qu'il était ravi d'apprendre qu'elle portait son enfant ? Cela, après une brève aventure supposée n'être jamais rien de plus !

Détournant son regard de la vitre devant laquelle elle s'était plantée, Hollie s'attarda sur le minisapin qu'elle s'était forcée à décorer bien qu'elle n'eût guère l'esprit à la fête. Habituellement, elle adorait disposer sur les branches la guirlande lumineuse multicolore et les petites boules scintillantes. Malheureusement, cette année, les appréhensions encombrant son esprit l'avaient empêchée de se réjouir.

Au bruit du puissant moteur, elle s'écarta de la fenêtre. Il n'était pas question que Maximo la surprenne en train de guetter son arrivée, comme quelque harceleuse dans un film d'horreur. Elle inspira profondément lorsque des pas se rapprochèrent, puis expira en entendant la sonnette.

En silence, Hollie compta jusqu'à trois. Enfin, elle gagna lentement la porte, essayant de se préparer mentalement à revoir Maximo Diaz. Hélas, elle avait eu beau penser à lui à chaque instant des journées qui s'étaient écoulées depuis leur nuit de passion, ce fut un choc inattendu de le découvrir sur le pas de la porte.

Il était… tout simplement *à couper le souffle* !

Hollie sentit son cœur s'emballer follement, jusqu'à résonner à ses oreilles dans un vacarme assourdissant.

Vêtu de noir de pied en cap, Maximo portait un jean et une veste en cuir sous laquelle on devinait un fin pull-over en cachemire. En l'occurrence, c'était la seule note de douceur dans son apparence. Tout son corps exprimait une tension extrême, que ne démentait pas celle de son beau visage. Il vrillait sur elle le faisceau de ses prunelles aussi sombres et glacées que deux éclats de jais. Quant à ses lèvres, naturellement si sensuelles, elles n'étaient qu'une ligne dure.

Comme il était étrange, songea Hollie, qu'elles aient pu faire déferler en elle tant de vagues successives de plaisir, alors qu'elles n'affichaient plus qu'une moue dédaigneuse.

Il fallait absolument qu'elle se reprenne. À quoi bon chercher à deviner ce qui se passait dans la tête de Maximo, et à interpréter de façon négative la moindre de ses mimiques.

Pour l'instant, l'important était d'agir avec tout le flegme possible. Quand bien même cela s'avérait difficile, au vu de ce qu'elle se préparait à annoncer.

Ce fut au prix d'un effort surhumain que Hollie plaqua sur son visage un sourire qui se voulait accueillant. Puis elle réussit à formuler quelques mots de salutations dont elle se reprocha aussitôt la maladresse.

— Bonsoir, *señor* Diaz !

Maximo dut se faire violence pour ignorer le coup de poing à l'estomac qu'il reçut en contemplant la jeune femme plantée devant lui. Il aurait dû être sur ses gardes. Pourtant, il ne put s'empêcher de se remémorer ses formes pulpeuses, la pâleur d'albâtre de son épiderme, sa chevelure soyeuse tombant en vagues châtaines sur sa poitrine dénudée.

Fallait-il attribuer à cette réaction inopportune le débit saccadé avec lequel il formula sa riposte ?

— Tu ne crois pas que ces manières sont passablement déplacées, compte tenu de ce qui s'est passé entre nous ?

— Bien que tu ne connaisses même pas mon prénom.

C'était exact, songea Maximo en esquissant une grimace. Comment tout cela était-il arrivé ? Il ne parvenait pas à se l'expliquer.

La jeune effrontée, dans sa provocante robe à mi-cuisses et ses talons aiguilles écarlates, n'était plus qu'un lointain souvenir. Retour de la très sage tenue que Hollie arborait à l'agence : jupe classique, pull-over dont la fonction n'était certainement pas de flatter des courbes féminines, chignon serré pour dissimuler la luxuriance de la chevelure, bottines ayant connu des jours meilleurs. De toute évidence, lesdites bottines avaient été cirées avec un soin tout particulier. Ce témoignage de volonté de faire avec ce que l'on a toucha une corde sensible au plus profond de l'âme de Maximo

– souvenir de nécessités auxquelles lui-même avait été confronté en des temps révolus…

Il fronça les sourcils. Pour aussi terne que soit l'apparence de la jeune femme, elle n'en rayonnait pas moins d'un étonnant éclat intérieur, suffisant pour faire oublier tout le reste.

— Mais, maintenant, je sais que tu t'appelles Hollie, rétorqua Maximo avec un sourire qu'il voulait bienveillant.

— Hollie Walker, précisa-t-elle sèchement.

La légère rougeur qui lui était montée aux joues ne fit que souligner son ingénuité.

Avait-il vraiment couché avec elle ? s'interrogea Maximo. Lui avait-elle véritablement offert sa virginité ?

Oui !

Et cela avait été sensationnel.

Mieux, même : cela avait confiné au sublime !

Ensorcelé par ces jambes interminables, cette cascade de cheveux chatoyants, Maximo avait succombé à la tentation d'une aventure d'un soir, ce qui ne lui était pas arrivé depuis l'adolescence.

Cela avait été un choc de découvrir que Hollie était vierge. Il ne s'expliquait toujours pas pourquoi il n'avait pas quitté le modeste cottage lorsqu'il avait pris conscience de la situation. Cela aurait été leur rendre service à tous deux. Un homme tel que lui n'était pas une fréquentation convenable pour la jeune provinciale candide qu'elle était.

Sauf qu'au lieu de battre en retraite il s'était perdu dans la douce tiédeur de ce corps. Et cela avait duré la nuit entière.

Lorsqu'il s'était trouvé à court de préservatifs – ce qui ne lui arrivait jamais –, Maximo avait su satisfaire sa jeune conquête de bien des façons. De ses doigts, de ses lèvres, de sa langue – et même à l'aide d'un glaçon qu'elle était allée chercher dans le réfrigérateur –, il avait tiré d'elle des gémissements de plaisir qui avaient continué à retentir dans sa mémoire pendant de longs jours.

Il avait eu bien du mal à oublier la façon dont Hollie psalmodiait son prénom, l'étreinte des cuisses fuselées autour de sa taille tandis qu'il la soumettait à des assauts furieux, la touffeur de ce cœur brûlant qui l'enserrait si étroitement.

À cause de cela, il avait été difficile à Maximo de se concentrer sur son travail. Des rêveries sensuelles s'emparaient de lui à la moindre occasion, et il avait dû finir par s'interdire de penser à Hollie.

Néanmoins, ce n'était rien de tout cela qui occupait son esprit en cet instant. C'était plutôt une sourde méfiance qui s'insinuait en lui tandis qu'il la dévisageait. Pourquoi diable avait-elle tant insisté pour le voir ?

S'efforçant d'écarter les nuages noirs qui assaillaient son esprit, Maximo afficha une expression de curiosité polie.

— Eh bien, fit-il, que puis-je pour toi, Hollie ? Je ne mentais pas en te disant que je suis très occupé. Il y a divers problèmes que je dois régler avant Noël. Nous n'en sommes plus qu'à quelques jours, je ne te l'apprends pas.

Pour appuyer son propos, il désigna du menton l'arbre de Noël. Le plus minuscule qu'il n'eût jamais vu !

Hollie semblait avoir du mal à se décider à parler, et elle avait pâli. Elle serrait les poings à s'en faire blanchir les jointures.

— Ce que j'ai à te dire n'est pas facile, finit-elle par lâcher d'une voix voilée. Je suis enceinte, Maximo. Je porte ton enfant.

Autour de Maximo, tout se mit à tourner. Un bruit strident résonnait dans sa tête, le rendant pratiquement sourd. Un instant, il se demanda si c'était un cauchemar. Sauf que la façon dont Hollie tremblait et son visage livide suffisaient à comprendre que tout cela était bien réel.

— C'est impossible, souffla-t-il. Nous avons pris toutes les précautions nécessaires.

Il avait dit cela sur un ton glacial. Cependant, une rage furieuse s'était allumée en lui.

— Eh bien, apparemment cela n'a pas suffi, répliqua Hollie. Écoute, je comprends que tu sois sous le choc…

Sourcils froncés, Maximo se livra à un rapide calcul.

— Nous avons couché ensemble en…

— Octobre, l'interrompit Hollie, rougissante. Au cas où tu me confondrais avec une autre.

— Il n'y a eu personne d'autre depuis !

À peine cette répartie lancée d'un ton sec, Maximo se demanda ce qu'il lui avait pris de donner à Hollie de tels indices concernant la vérité. À savoir que toutes les femmes qu'il avait rencontrées après ce pluvieux matin d'automne l'avaient laissé complètement froid !

N'allait-elle pas se figurer qu'elle occupait une place particulière dans son esprit ?

— Ah bon ? rétorqua-t-elle, l'air étonné.

Le regard de Maximo erra sur la silhouette de la jeune femme, comme cela lui était arrivé avec tant d'autres avant elle. Mais son attention ne s'attarda pas sur sa chevelure, sa bouche ou les rondeurs de sa poitrine, non, c'était son abdomen qu'il ne pouvait quitter des yeux.

— Enceinte, fit-il.

Était-ce pour se persuader de la réalité de quelque chose qu'il ne pouvait percevoir à l'œil nu ?

— De onze semaines.

Ainsi, songea Maximo, voilà qu'il était propulsé dans un monde nouveau, inconnu. Un monde dans lequel tout se comptait en dates.

— On peut dire que tu as pris ton temps pour me l'annoncer, observa-t-il.

Hollie hocha la tête.

— Je ne m'en suis rendu compte que récemment. Au début je n'y ai pas cru. J'ai même fait trois tests avant de me résoudre à accepter la vérité. Et puis, tu avais disparu. Tout le monde disait que tu allais forcément revenir à Trescombe avant Noël pour entamer les travaux. Du coup, j'ai…

— Quels travaux ? l'interrompit Maximo.

— Ceux du château. Tu prévois bien de le transformer en hôtel de luxe, non ? En tout cas, c'est ce qui se dit en ville. Du coup, j'ai jugé préférable de patienter pour te parler face à face.

— Tu aurais pu attendre longtemps ! Mes affaires m'appelaient au bout du monde, et je risquais d'être absent plusieurs mois.

— Et… C'est vraiment la seule raison qui t'a fait quitter la région ?

Le visage de Hollie s'était crispé, et elle semblait s'être forcée à formuler cette question. Maximo pinça les lèvres. Ne valait-il pas mieux qu'il se montre franc avec elle ? Plutôt piétiner les folles chimères qu'elle avait peut-être construites que les laisser croître et s'épanouir.

— Non, ce n'est pas la seule raison, répondit-il. J'ai pensé préférable de mettre un peu de distance entre nous pour que tu ne te fasses pas d'illusions. Que tu ne risques pas de bâtir des châteaux en Espagne.

— Les châteaux en Espagne sont plutôt ton domaine, répliqua-t-elle sèchement. Et je t'ai déjà dit que je ne souhaite pas poursuivre notre relation.

— Il arrive que les femmes disent des choses qu'elles ne pensent pas véritablement, Hollie. Parfois, c'est pour sauver la face. Parfois, dans l'espoir de se convaincre elles-mêmes.

Hollie le fusilla du regard.

— Si je comprends bien, dit-elle, tu as eu peur que je ne te harcèle avec d'embarrassantes démonstrations d'adoration. Comme si je devais inévitablement tomber amoureuse de toi ! Pour cela, il faudrait que tu sois un peu moins arrogant, moins désagréable.

Maximo haussa les épaules.

— Tu étais vierge, Hollie, fit-il. Lorsqu'une femme connaît sa première expérience, cela peut fausser son jugement. Tout particulièrement si elle y a pris autant de plaisir que nous en avons eu cette nuit-là. Je ne t'ai pas caché quel genre d'homme je suis. Néanmoins, rien ne prouvait que tu m'aies cru.

Les joues empourprées, Hollie dardait sur lui un regard où le reproche se mêlait à l'amertume. Manifestement, il l'avait blessée. Cela dit, il n'était pas prêt à mentir pour épargner les sentiments de la jeune femme. Pour sa part, les séquelles de son enfance le prémunissaient à jamais contre le risque de se laisser enfermer dans le piège d'une relation durable.

— Je n'ai jamais souhaité ni me marier, ni avoir des enfants, poursuivit-il d'un ton rogue. La première de ces choses relève encore de ma volonté. Malheureusement, il n'en est pas de même pour la seconde, semble-t-il.

— Mais, enfin, je n'attends rien de toi ! Je suis tout à fait capable de me débrouiller par mes propres moyens.

Manifestement hors d'elle, Hollie serrait les poings avec l'air d'être prête à s'en servir contre lui.

Jetant un coup d'œil autour de lui, Maximo observa l'exiguïté de la pièce, la peinture défraîchie des murs, la couverture dissimulant l'usure du canapé. Il n'avait pas oublié le lit étroit dans la chambre glaciale, à l'étage. Ni la précipitation avec laquelle il avait regagné sa limousine, au matin, ordonnant d'un ton sec à son chauffeur de l'emmener loin de tout cela.

Comment diable avait-il pu se mettre dans pareille situation ?

— Parce que tu penses vraiment pouvoir élever un enfant dans un endroit pareil ? lança-t-il.

— Pourquoi pas ? Je n'ai pas des moyens considérables, mais je me débrouillerai. Même si cela ne sera pas facile, je le sais. Le travail ne me fait pas peur, ni devoir vivre chichement. En tout cas, s'il y a une chose dont mon bébé ne manquera jamais, c'est d'amour !

À voir se peindre, sur le visage de Hollie, un instinct

maternel aussi farouche, Maximo eut presque honte de ses préjugés. Cependant, les grandes déclarations n'engageaient pas à grand-chose, se dit-il.

— Admirable..., lâcha-t-il sur un ton sarcastique.

Hollie secoua la tête avec colère.

— Je ne cherche pas ton approbation ! siffla-t-elle. Pour tout dire, je n'ai absolument pas besoin de toi, Maximo Diaz. Je ne te demande rien. Tu m'as comprise ?

Levant une main devant lui, Maximo repoussa les protestations de Hollie.

— Je ne suis pas suffisamment abject pour te refuser mon aide matérielle, objecta-t-il.

Prenant dans son portefeuille une carte de visite, il la plaqua sur la table basse d'un geste tellement brusque que cela fit trembler le petit sapin sur sa base.

— Mon secrétariat te donnera les coordonnées de mes avocats. Ils feront ce qu'il faut pour que tu disposes des moyens nécessaires afin d'élever décemment cet enfant. Mais s'il y a une chose que je ne suis pas prêt à te fournir, Hollie, c'est un père pour ce bébé !

Puis il gagna la porte, contenant difficilement la colère qui montait en lui.

5.

— Hollie, vous m'écoutez ?

Hollie déglutit. Non, elle n'écoutait pas. Elle était incapable de se concentrer sur ce que disait Janette, tout comme il lui avait été impossible de fixer son attention sur quoi que ce soit ces derniers temps. Pas même sur les préparatifs de Noël, qui n'était plus qu'à deux jours.

La seule chose qui occupait entièrement son esprit, c'était l'affreuse entrevue qu'elle avait eue avec Maximo, lorsqu'elle lui avait annoncé sa grossesse. Il avait réagi avec…

Colère ? Incrédulité ?

Un mélange des deux, à vrai dire. Il s'était montré terriblement distant. Glacial, même. À le voir afficher une telle impassibilité, une telle indifférence, nul n'aurait pu se douter qu'ils avaient été amants.

Cela dit, ce terme était-il approprié lorsqu'on n'avait jamais partagé qu'une seule nuit ?

Comme si cela ne suffisait pas, Janette n'avait fait qu'ajouter au désespoir de Hollie en lui demandant de confectionner l'un des gâteaux dont elle avait le secret pour l'offrir à Maximo. Pour fêter l'achèvement des démarches concernant l'achat du château, avait-elle dit.

C'était bien la dernière des choses que Hollie avait envie de faire ! Mais quelle excuse fournir pour refuser ?

Désolée, Janette, mais je suis enceinte du bébé de Maximo, et il s'est montré tellement injuste en apprenant la nouvelle que j'ai peur de ne pas résister à la tentation d'ajouter une bonne cuillerée d'arsenic à la préparation.

Au lieu de protester, Hollie avait docilement hoché la tête, refusant d'écouter ce que lui disait son cœur, lourd d'amertume.

Tout en battant les œufs avec le sucre, elle avait été incapable de chasser de son esprit l'image du visage furieux de Maximo. Qu'allaient-ils faire, maintenant ?

D'une certaine façon, qu'il se refuse à endosser son rôle de père ne pouvait que la satisfaire. Maximo n'avait-il pas accueilli la nouvelle avec la plus totale consternation ? Elle se débrouillerait mieux sans lui !

En tout cas, le plus important était de conserver son emploi. Elle n'avait jamais autant eu besoin de gagner sa vie. C'est pour cette raison qu'elle gratifia Janette d'un sourire qu'elle espérait convaincant.

— Oui, que disiez-vous, Janette ? interrogea-t-elle.

— J'étais en train de vous féliciter au sujet de votre gâteau. Il est très joli. Bien qu'il ne soit pas tout à fait à la hauteur de ce que vous réussissez d'habitude…

Hollie hocha la tête. Janette n'avait pas tort. La malchance avait voulu qu'une grosse larme vienne s'écraser sur le glaçage à la dernière minute, et tous ses efforts pour tenter de rattraper les choses n'avaient fait qu'aggraver la situation.

— Je reconnais qu'il est loin d'être parfait, admit-elle piteusement.

— Tant pis ! rétorqua Janette énergiquement. Avec un peu de chance, Maximo Diaz ne remarquera rien. Et puis, c'est l'intention qui compte. Vous le lui livrerez aujourd'hui.

— Le… le livrer ? *Moi* ? L'apporter à… Maximo ?

— Au *señor Diaz* ! Depuis quand vous permettez-vous d'appeler nos clients par leur prénom ? Bien sûr, c'est sur vous que je compte ! Vous n'avez pas de famille, donc vous êtes la seule de l'équipe à disposer du temps nécessaire si près de Noël. Apportez-le-lui dans l'après-midi. Avec les documents qu'il doit signer. Ne traînez pas, voulez-vous ?

Janette s'interrompit pour jeter un coup d'œil à travers la vitrine de l'agence.

— Je n'aime pas beaucoup ces nuages, ajouta-t-elle. La météo prévoit de la neige. Dave vous déposera en allant à son rendez-vous de 16 heures. Vous n'aurez qu'à rentrer à pied.

Plaquant sur son visage un sourire figé, Hollie était anéantie à l'idée de se retrouver en présence de Maximo.

Mais quelle justification trouver pour ne pas accéder à la requête formulée par Janette ? Rien qu'à imaginer la réaction de cette dernière – surtout si elle lui révélait les vraies raisons de son refus –, Hollie préféra écouter son bon sens. Se rebiffer n'était clairement pas une option.

Son bon sens !

S'y fier avait été le principe directeur de sa vie entière, et elle l'avait complètement ignoré au moment où il lui aurait été le plus précieux ! Hollie ne cessait de se reprocher d'avoir fait fi de tout discernement lorsqu'elle s'était laissé séduire par Maximo.

Son regard erra vers la rue animée. Une multitude de gens se pressaient pour les ultimes courses de Noël sous un ciel couleur d'encre, dans une étrange lumière jaune safran. Déjà des flocons épars se mêlaient à la neige synthétique décorant les sapins sur les trottoirs. Dans les boutiques, des effigies du Père Noël attiraient les enfants cramponnés à la main de leur mère.

Le cœur de Hollie fit un bond dans sa poitrine. Bientôt un bambin la tirerait par la manche pour rester bouche bée devant les devantures de jouets. Mais avant d'imaginer l'avenir, il lui fallait affronter le présent.

Elle n'avait d'autre choix que d'apporter ce fichu gâteau à Maximo, et de lui faire signer les documents que lui confiait sa patronne. Tout cela, avec une feinte décontraction.

Si jamais Maximo abordait le sujet d'arrangements possibles

par l'intermédiaire de ses avocats, Hollie se promettait de lui signifier que le moment était mal choisi. Mieux vaudrait, lui dirait-elle, attendre jusqu'après les fêtes, une fois que les choses se seraient un peu tassées…

Il était à peine plus de 15 heures lorsque la vieille guimbarde de Dave déposa Hollie en bas du chemin menant au château. Serrant contre son cœur la boîte contenant le gâteau, elle se lança à l'assaut de la colline au sommet de laquelle se dressait fièrement Kastelloes – puisque c'était ainsi que se nommait la vieille bâtisse grise à laquelle tourelles et murailles crénelées conféraient un aspect passablement menaçant.

Tout en cheminant, Hollie essayait d'imaginer ce que serait sa vie avec un enfant. Serait-il toujours envisageable d'ouvrir un salon de thé en ayant la charge d'un nourrisson ? Elle avait eu beau protester fièrement, devant Maximo, que cela ne serait pas un problème, la jeune femme était loin d'en être certaine.

Tandis qu'elle se rapprochait du château en traînant les pieds, les flocons se mirent à tomber de plus en plus drus, déposant sur ses joues de larges taches blanches.

Il n'y avait pas signe de vie lorsqu'elle franchit le pont-levis. Personne pour lui ouvrir l'antique porte de chêne. Peut-être Maximo était-il absent ? Janette n'aurait qu'à le contacter ultérieurement pour les signatures. Cependant, une lumière brillait à l'une des fenêtres à meneaux, à l'étage. *Quelqu'un* était effectivement présent. Le cœur battant la chamade, Hollie ne pouvait plus reculer.

Lorsqu'elle tira la sonnette, un faible tintement résonna dans les profondeurs de l'édifice. Dans l'attente qu'on vienne lui ouvrir, elle se tourna vers le parc. La neige commençait à recouvrir statues et jardinières d'une fine pellicule blanche. Elle s'efforça de s'absorber dans cette vision. Il était hors de question que Maximo la trouve derrière la porte, avec un visage contracté par l'angoisse. Au moins, lui laisser croire qu'elle maîtrisait parfaitement la situation, même si c'était loin d'être le cas.

Ses mains étaient glacées. Pourquoi diable n'avait-elle pas mis de gants ? Quant à son manteau, il était bien trop fin pour la protéger. Son haleine sortait de sa bouche en petits nuages blancs.

Hollie se demandait si la bâtisse n'était pas réellement vide, lorsque la porte grinça derrière elle. Prenant tout son temps, elle pivota lentement pour se trouver face à Maximo. Dans l'encadrement de bois en forme de voûte, sa carrure paraissait encore plus imposante que dans son souvenir. Hollie eut l'impression que son estomac effectuait un saut périlleux. Intérieurement, elle se maudit. Mais était-elle responsable de ce qui n'était qu'une réaction instinctive ?

En dépit de tout ce qui s'était passé entre eux, il était clair qu'elle n'était nullement immunisée contre la présence de cet homme. Comment s'en étonner ? Comme de coutume, il était vêtu de noir. Il donnait l'impression de surgir de temps très anciens, tel un chevalier reclus dans cette citadelle battue par les vents.

Hollie se rappela avoir entendu Janette dire que Maximo Diaz avait toute l'apparence d'un conquistador. À noter la puissance ténébreuse, presque inquiétante, qui émanait de lui, cette appréciation se révélait particulièrement juste.

— Hollie ? dit-il. En voilà une surprise !

À en juger par le ton acerbe, Hollie comprit qu'il se serait volontiers passé de ladite surprise.

— Je dois te faire signer quelques documents, répliqua-t-elle aussitôt.

Il était de la plus haute importance qu'il sache qu'elle n'était là qu'en service commandé !

— Et aussi..., enchaîna-t-elle en lui tendant la boîte, Janette a tenu à t'envoyer ceci.

— Qu'est-ce que c'est ? l'interrogea Maximo en lorgnant l'objet d'un regard méfiant.

Quelques flocons voletèrent jusque sur les joues de Hollie, et elle se balança d'un pied sur l'autre. Maximo lui faisait clairement sentir qu'elle n'était pas la bienvenue, la mettant au comble de l'embarras. Tout à coup, elle aurait aimé que le sol s'ouvre sous ses pas pour l'engloutir – ce qui, en l'occurrence, n'était pas une expression toute faite !

— C'est un gâteau, souffla-t-elle.

— Un gâteau ? répéta Maximo, les yeux écarquillés.

— Nous souhaitions… Enfin, c'est surtout une idée de Janette. Elle tenait à célébrer la vente de Kastelloes. Du coup, elle m'a demandé de confectionner un gâteau pour te l'offrir.

— Est-ce la coutume avec tous les clients de l'agence, ou dois-je me sentir particulièrement flatté ? questionna Maximo d'une voix suave, en lui prenant la boîte des mains.

C'en fut trop pour Hollie. Pour qui se prenait-il ? Avait-il besoin d'adopter ce ton arrogant ? Se figurait-il qu'elle avait combiné cette piètre excuse dans le seul but de le revoir ? Il ne fallait pas qu'il l'imagine prête à tout pour cela !

— Noël est le temps des cadeaux, que je sache, rétorqua-t-elle. Je suppose que c'est la raison pour laquelle Janette a eu cette idée. D'ailleurs, tu n'es pas obligé de le manger. Tu peux aussi t'en servir pour nourrir les oiseaux. Ils devraient apprécier, par ce temps glacial.

— Je n'en doute pas.

Comme pour appuyer la remarque de Hollie, une rafale de neige vint les frapper de plein fouet. Entre eux, la tension n'avait fait que croître, ce dont Maximo avait clairement conscience.

C'était pour se mettre à l'écart des fêtes qu'il était venu se réfugier au château. Noël était *la* période de l'année où il tenait à être seul. Kastelloes offrait un refuge idéal. Maximo avait prévu de s'y enfermer quelques jours, avant de le faire détruire – il n'y avait que les gens du coin pour s'imaginer qu'il allait transformer la vieille bâtisse en hôtel de luxe !

En attendant, il avait espéré être à l'abri de toute visite. Celle de Hollie Walker plus que toute autre ! Car la présence de la jeune femme l'obligeait à se confronter à une réalité qu'il aurait préféré balayer sous le tapis.

Pour l'instant, tout au moins…

Ne portait-elle pas leur enfant ?

Devoir affronter cette vérité était encore plus compliqué pour Maximo alors qu'il n'avait qu'une envie, prendre Hollie dans ses bras. S'il l'avait pu, il l'aurait dévorée de baisers avant de lui arracher les ternes vêtements dissimulant ses formes sensuelles. Ensuite, il se serait perdu dans la volupté qu'elle offrait. Comme par une nuit de tempête…

Mais à quoi bon ? Il ne ferait jamais partie de la vie de Hollie. Ni de celle de leur enfant. Elle n'avait qu'à prendre contact avec les avocats dont il lui avait communiqué les coordonnées. De la sorte, elle ne serait jamais dans le besoin. Se montrer généreux était la seule chose à laquelle Maximo consentirait jamais. Le plus important pour un enfant n'était-il pas d'être aimé ? Or lui-même était incapable de donner de l'amour. Son cœur était à tout jamais stérile – triste réalité à laquelle Maximo s'était résigné depuis longtemps.

Tout ce qu'il lui restait à faire, c'était signer ces fichus documents, s'extasier sur le *superbe* gâteau, et renvoyer Hollie dans ses foyers. Et surtout ignorer le besoin qui le taraudait de revivre la nuit passée dans les bras de la jeune femme. S'il se montrait suffisamment distant – voire désagréable –, elle se rendrait bien compte qu'il était préférable de se passer d'un homme tel que lui.

— Bon, suis-moi à l'intérieur ; maugréa-t-il.

— Rassure-toi, je ne te dérangerai pas plus longtemps que nécessaire.

Refermant la porte sur le vent glacé, Maximo précisa :

— Allons dans la bibliothèque. C'est le seul endroit du château où il ne fait pas trop froid.

— Comme tu voudras.

Le cœur lourd, Hollie suivit Maximo le long des couloirs aux murs lambrissés. Que n'aurait-elle donné pour se trouver ailleurs !

La mauvaise humeur que lui avait inspirée l'animosité ostensible de Maximo se dissipa lorsqu'ils pénétrèrent dans la bibliothèque. Hollie n'en avait eu qu'un aperçu lorsque Janette lui avait fait visiter la bâtisse avant de la mettre sur le marché. À l'époque, elle avait trouvé cette pièce sans intérêt, pour ne pas dire désespérément triste. Il n'en était plus de même cette fois. Hollie était fascinée par les sculptures tarabiscotées ornant les boiseries ainsi que par les hautes fenêtres à meneaux s'ouvrant sur le parc.

Était-ce l'une des qualités de Maximo de mettre de la beauté là où n'existait que fadeur ? Comme il l'avait fait chez elle…

À moins que ce ne soit la flambée crépitant gaiement dans l'âtre qui insufflait à la pièce cette atmosphère chaleureuse ? Le cœur de Hollie se serra à l'idée que le lieu avait toutes les potentialités pour devenir un confortable foyer. Si quelqu'un voulait bien se donner la peine de le transformer…

Lorsqu'elle se retourna, ce fut pour découvrir le regard sombre fixé sur elle. Maximo l'examinait comme si c'était la première fois qu'il la voyait. Hollie sentit son estomac se nouer. N'était-elle pas dans la même disposition d'esprit ? Comme si elle ne s'était jamais trouvée seule avec lui, elle se sentait curieusement mal à l'aise. Ce qui était passablement ridicule, vu ce qu'ils avaient fait ensemble.

— Qu'est-ce que je dois signer ? demanda Maximo, posant la boîte à gâteau sur la table sans se donner la peine de l'ouvrir.

— Voici, répondit Hollie.

D'une main tremblante, elle chercha le dossier dans le porte-documents, espérant que Maximo ne s'était pas rendu compte de son trouble.

— Ce n'est rien de très important, ajouta-t-elle en s'approchant de la table.

Bien évidemment, il s'absorba dans la lecture des actes qu'elle lui remit. Ce n'était pas le genre d'homme à apposer sa signature sur quelque chose qu'il n'avait pas soigneusement étudié au préalable. Du coup, cela prit un certain temps.

Dans le silence lourd, Hollie eut l'impression d'entendre s'égrener une à une les secondes. Même sa tentative de se distraire en consultant les messages sur son portable – tous déjà lus précédemment – ne lui fut d'aucun secours pour surmonter son embarras.

Enfin, elle entendit le crissement du stylo sur le papier, puis Maximo releva la tête avec un sourire de pure forme.

— Eh bien voilà, dit-il, tu as ce que tu étais venue chercher.

Il meurt d'impatience de me voir tourner les talons.

Se levant de sa chaise, il lui tendit le dossier, et ajouta :

— Si tu n'as rien d'autre à me demander, je te raccompagne.

Hollie ne put réprimer un frisson.

— Ce n'est pas nécessaire, fit-elle. Je connais le chemin.

— J'insiste.

Dans le regard qu'il lui lança, Hollie vit passer une lueur étrangement mélancolique.

— Comment te sens-tu ? l'interrogea-t-il.

Si la situation n'avait pas été aussi navrante, l'on aurait pu juger comique pareille question. Hollie eut toutes les peines du monde à ne pas éclater d'un rire hystérique.

Si c'était là le seul effort de Maximo pour aborder le sujet de sa grossesse, on pouvait dire qu'il faisait preuve de la délicatesse d'un éléphant dans un magasin de porcelaine. Sans trop savoir comment, Hollie parvint à accrocher un faible sourire à ses lèvres.

— Ça va, répondit-elle. D'après le médecin, ma grossesse se déroule aussi bien que possible.

Un lourd silence s'installa, puis Maximo déclara :

— Écoute, je sais bien que ma réaction à cette nouvelle a été plutôt brutale. Je te prie de m'en excuser.

Il était clair que ces paroles ne venaient pas vraiment du fond du cœur ; néanmoins, Hollie décida de se montrer magnanime.

— Ce n'était pas tout à fait ce dont une femme rêve, mais ce n'est pas grave, dit-elle. J'imagine que cela a été un choc pour toi. Et, au moins, tu as été honnête. Ne t'inquiète pas, j'ai surmonté tout ça.

— Mes avocats m'ont signalé que tu ne les avais pas encore contactés.

— J'ai pensé qu'il valait mieux attendre que les fêtes soient passées.

Maximo hocha la tête.

— Comme tu préfères, fit-il.

« Comme tu préfères » ?

Hollie aurait pu débiter une liste interminable des choses qui auraient eu sa préférence – dont la très grande majorité demeurerait lettre morte, à n'en pas douter. Par-dessus tout, elle aurait amplement *préféré* que Maximo soit doté d'un cœur, au lieu d'avoir dans la poitrine un éclat de pierre. Elle aurait tant voulu que…

Non, il fallait être stupide pour souhaiter être aimée d'un individu aussi insensible !

Tout en discutant, ils avaient gagné le hall d'entrée. Hollie n'avait plus qu'une seule envie : mettre autant de distance que possible entre elle et cet homme. L'exclamation qu'il poussa en ouvrant la porte la fit sursauter.

— *Es imposible !*

Suivant le regard de Maximo, elle regarda au-dehors et son cœur fit un bond dans sa poitrine. Perdue dans ses réflexions, elle n'avait prêté attention ni au temps qui passait, ni à la tempête de neige qui s'aggravait.

Le parc était totalement transformé. Arbres, buissons et pelouse étaient recouverts d'un épais manteau blanc, étincelant comme une myriade de diamants sous la lumière violette de la fin d'après-midi. Dans ce paysage féerique, les traces de ses pas sur le sentier étaient désormais indiscernables. À croire qu'elle ne s'était jamais rendue au château. Ce qui avait quelque chose de presque inquiétant…

Dire qu'elle avait toujours adoré la neige ! songea Hollie. Elle aimait la magie des flocons cotonneux. Sauf qu'en cet instant elle n'y voyait qu'un obstacle lui barrant le chemin. Levant les yeux vers le ciel d'encre, elle laissa échapper dans un murmure une sorte d'imprécation. Tout ce qu'elle voulait, c'était regagner sa petite maison. Certes, elle était des plus modestes, mais au moins elle s'y sentait chez elle.

— Ton taxi ne t'a pas attendue ? s'inquiéta Maximo.

— C'est un collègue qui m'a déposée. Je devais rentrer à pied.

Maximo marmonna quelque chose – probablement un juron dans sa langue – avant d'expliquer :

— Je t'aurais volontiers raccompagnée moi-même ; malheureusement j'ai donné congé à mon chauffeur, et il est parti avec la voiture.

Plutôt que se faire reconduire par Maximo, Hollie aurait préféré faire le chemin pieds nus !

— Ça va aller, dit-elle. Ce ne sont pas quelques flocons qui vont m'arrêter.

— Tu plaisantes ! Je te rappelle que tu es enceinte !

— Parce que tu crois que je risque d'oublier, peut-être ?

— On dirait que tu te fais une spécialité de devoir être sauvée des éléments déchaînés !

— Oh ! fiche-moi la paix, Maximo !

Un seul pas à l'extérieur suffit à ce que Hollie s'enfonce jusqu'aux chevilles. Elle contemplait d'un air affligé ses bottines presque intégralement recouvertes de neige, lorsque les mains de Maximo se nouèrent autour de sa taille. D'un seul mouvement, il l'arracha au piège immaculé.

— Fiche-moi la paix ! redit-elle d'une voix plus faible. Pose-moi immédiatement. Je *veux* rentrer chez moi.

— Pour l'instant, c'est hors de question ! Tu vas être obligée de rester ici jusqu'à ce que la neige cesse.

Maximo la déposa sur le seuil, avant d'ajouter :

— Mais peut-être avais-tu prévu qu'il en serait ainsi...

Comme sous l'effet d'un coup de poing, Hollie recula en chancelant.

— Tu as le culot d'imaginer que je me suis arrangée pour me retrouver coincée avec toi ? questionna-t-elle.

Haussant les épaules, Maximo répliqua :

— Il n'y a que toi qui puisses répondre à cette question. Mais si tu veux savoir si je pense les femmes capables de ce genre de stratagème, alors ma réponse est « oui ».

— Espèce d'affreux... *macho* !

— Je suis seulement réaliste. Et plutôt que de continuer à discuter ici de mes défauts, tu ferais mieux de me suivre à l'intérieur. Tu y seras à l'abri du froid, au moins.

6.

Maximo claqua la porte plus violemment qu'il n'était nécessaire. Son cœur battait la chamade. Était-ce sous l'effet de la colère ?

Celle que lui inspirait cette visite inopinée à ce qu'il considérait être la pire période de l'année.

Un instant, il s'absorba dans la contemplation des lèvres sensuelles, que la révolte faisait trembler, et quelque chose d'indéfinissable fit brusquement palpiter son cœur. Comment oublier qu'elle portait son enfant ? songea-t-il sombrement. Un enfant qu'il n'avait cependant jamais souhaité. Pourquoi aurait-il désiré transmettre ses gènes à un innocent ?

Cependant, sa contrariété se trouvait malencontreusement compliquée par des sensations inattendues. Lesquelles risquaient de mettre à mal son intention de garder ses distances avec la jeune femme qu'il avait séduite. Et il avait beau s'exhorter fermement à la sagesse, c'était sans effet. Car il lui suffisait de poser les yeux sur Hollie Walker pour que s'éveille instantanément en lui un irrépressible désir. En dépit de tout, il avait incroyablement envie d'elle.

Pourquoi diable, il n'en savait trop rien !

Ses goûts le portaient habituellement vers des femmes au tempérament aussi arrogant que le sien. Elles se devaient, pour lui plaire, d'être froides et sexy. Des partenaires au fait des règles du jeu, et non des innocentes au regard effarouché, offrant à ses baisers des lèvres tremblantes.

Depuis toujours, Maximo préférait les relations sexuelles

maîtrisées à la folle passion – susceptible de prendre en otage tout homme raisonnable. De prime abord, il s'employait à énoncer les conventions à respecter. C'était lui qui tenait les rênes. Ce qui ne soulevait pas habituellement de contestation chez ses conquêtes. L'attirance qu'il exerçait sur celles-ci suffisait à lui garantir leur soumission.

Or, avec Hollie Walker, Maximo se trouvait confronté à une situation tout à fait déroutante. D'ordinaire, il tenait pour acquis qu'une femme perdait tout mystère dès qu'on la mettait dans son lit. Cela avait toujours été le cas par le passé. Pourquoi en était-il autrement aujourd'hui ? Pourquoi éprouvait-il l'envie d'en savoir davantage sur la jeune beauté ?

Pourquoi, surtout, était-il taraudé par l'envie d'emprisonner à nouveau ce corps délicieux dans la chaleur du sien jusqu'à entendre Hollie crier grâce ?

Pour l'instant, elle le fusillait du regard, comme s'il était le diable en personne, sans parvenir toutefois à dissimuler le désir qu'elle éprouvait. Il n'était qu'à voir la couleur montant à ses joues, et la façon dont s'assombrissaient ses extraordinaires yeux gris, pour comprendre qu'elle n'était pas insensible à son charme.

Après tout, tous deux se trouvaient obligés de supporter la présence de l'autre jusqu'à ce que les intempéries s'apaisent. Pourquoi, alors, ne pas tirer parti de l'incroyable alchimie qu'il y avait entre eux ?

Il faudrait bien qu'ils occupent les longues heures à venir. De plus, on était à la veille de Noël. Habituellement, Maximo se contentait de faire le dos rond jusqu'à ce que cette fête détestable soit derrière lui. Pour une fois, il voyait se profiler la possibilité d'en faire tout autre chose.

Quelque chose d'éminemment érotique.

Le délicieux frémissement au creux des entrailles de Maximo commença à se répandre dans tout son corps. Jusqu'à la fraction de seconde où il remarqua l'expression de vulnérabilité sur le ravissant visage pâle levé vers lui.

En son for intérieur, Maximo se morigéna, s'obligeant à écouter ce que lui dictait sa raison.

Contente-toi de lui offrir un abri jusqu'à ce que le temps devienne plus clément ! Il te suffit de te maîtriser pendant quelques heures.

— Suis-moi, dit-il. Je vais te trouver un endroit où dormir.

— Ce ne sera pas nécessaire. Je n'ai pas l'intention de rester.

— Il n'est pas question que tu partes tant que les rues sont trop enneigées pour circuler facilement. Ce qui ne risque pas d'être le cas avant la tombée de la nuit.

Pendant quelques secondes, Maximo et Hollie se mesurèrent du regard. Jusqu'à ce qu'elle finisse par céder, acquiesçant d'un hochement de tête.

— Donc, je n'ai pas le choix ! fit-elle sèchement.

— Exactement. Maintenant, suis-moi.

Ce fut avec l'impression d'avoir été passée à la moulinette de l'implacable autorité de Maximo que Hollie lui emboîta le pas – de fort mauvaise grâce – à travers le château glacial.

Elle était terrifiée par les sentiments que cet homme lui inspirait. Par l'envie obsédante de se jeter dans ses bras plutôt que le repousser comme elle le devait. Car Maximo n'avait rien à faire d'elle. *Il ne la désirait pas !*

C'était une réalité qu'elle ne devait pas perdre de vue. Si cela n'avait pas été aussi douloureux, elle aurait pu éclater de rire en voyant à quel point il était consterné à la perspective de la supporter sous son toit quelques heures.

S'il était une chose dont on ne pouvait accuser Maximo Diaz, c'était de faire preuve de duplicité. Il était d'une honnêteté sans faille, ce dont Hollie aurait dû se réjouir. Lèvres pincées, elle décida qu'elle ferait mieux de prendre du bon côté les imprévus qui l'obligeaient à cohabiter – temporairement ! – avec le séduisant hidalgo.

Lorsqu'il la fit entrer dans l'une des chambres, elle frissonna derechef. Il y faisait encore plus froid que dans le reste de la demeure. La pièce était quasi vide, à l'exception d'un vaste lit dépourvu de draps et de couvertures. Même en faisant preuve de la plus extrême imagination, la veillée de Noël s'annonçait comme dénuée de toute féerie.

— Il y a des plaids dans le placard du couloir, déclara Maximo en fronçant les sourcils à la voir frissonner. J'admets que le chauffage central est passablement archaïque. Je vais voir ce que je peux faire pour améliorer la situation.

— Tu n'as pas de domestiques ? s'étonna Hollie.

Les épais sourcils noirs s'incurvèrent en un questionnement moqueur.

— Suis-je censé me déplacer avec une armée de serviteurs ? interrogea Maximo.

Hollie haussa les épaules.

— Je ne sais pas, répondit-elle. Tu es riche, et c'est ce que font habituellement tes semblables, non ?

— Si tu veux le savoir, je suis le seul occupant du lieu. Je considère qu'un homme doit être capable de se débrouiller par ses propres moyens. Je tiens trop à mon indépendance.

— Mais c'est Noël. C'est un moment voué à la famille, non à la solitude.

— Est-ce la raison pour laquelle tu es si soucieuse de rentrer chez toi ? Ta famille t'attend pour la soirée, c'est cela ?

— Je n'ai pas de famille. Mes deux parents sont morts.

Autant répondre sans détour, songea Hollie. Et puis, il n'aurait guère été diplomate d'avouer que ce qui la poussait à quitter les lieux était l'effet que Maximo produisait sur elle.

— Pareil pour moi, répliqua Maximo d'une voix douce.

Décontenancée par cette réponse, Hollie regretta qu'il lui ait livré cette confidence. C'était bien là l'une des fourberies propres à l'esprit humain que de vous conduire à des interprétations erronées sur la base du plus infime détail ! Si elle ne se méfiait pas d'elle-même, il lui serait facile d'imaginer qu'ils avaient quelque chose en commun Tout cela parce qu'elle découvrait que tous deux étaient orphelins.

Or rien d'autre ne les rapprochait qu'une étonnante alchimie sexuelle – des plus inopportunes, d'ailleurs –, et un enfant qu'ils n'avaient pas souhaité.

— Eh bien, comme cela, nous ne manquerons à personne ! lança-t-elle d'un ton léger.

Une fraction de seconde, un sourire flotta sur les lèvres de Maximo. Cela ne dura guère. À croire que cet homme n'avait aucune disposition à se montrer un tant soit peu enjoué.

— Je te laisse t'installer, annonça-t-il tout à trac. Rejoins-moi au rez-de-chaussée quand tu seras prête. Prends ton temps.

S'installer était un bien grand mot dans cet environnement des plus spartiates. Néanmoins, Hollie s'efforça de rendre la chambre un peu plus confortable. Dans le placard indiqué par Maximo, elle trouva une collection de plaids en velours, dépareillés, dont les couleurs vives mirent un peu de gaieté dans la pièce aux murs fanés. Fort heureusement, Hollie avait l'habitude de dormir dans une chambre mal chauffée.

La salle de bains attenante était particulièrement vieillotte. La plomberie émettait des grondements sinistres, et l'immense baignoire semblait dater des siècles passés. Cependant, l'eau était brûlante. Hollie se lava les mains avec un morceau de savon dur comme la pierre, puis observa son reflet dans le miroir piqueté de rouille. À sa grande surprise, elle se trouva meilleure mine qu'elle ne l'avait imaginé. Ses yeux brillaient, et ses joues étaient agréablement rosies. Elle s'interrogea pour savoir si elle allait laisser ses cheveux retomber librement sur ses épaules. Peut-être cela apporterait-il un peu de chaleur autour de son cou ?

Quelque chose la retint, néanmoins. Certainement le souvenir de la manière dont Maximo s'était servi d'une mèche pour l'attirer jusqu'à lui et l'embrasser. Par mesure de précaution, Hollie noua sa chevelure en un chignon serré au sommet du crâne. Puis elle descendit rejoindre son hôte.

Ne le trouvant pas dans la bibliothèque, elle se laissa guider par de délicieux arômes, à travers le dédale de couloirs, jusqu'à la cuisine. Lorsqu'elle y pénétra, ce fut pour découvrir un spectacle tout à fait surprenant.

À vrai dire, Hollie n'aurait su expliquer à quoi elle s'attendait réellement, mais certainement pas à la vision qu'offrait le magnat des affaires espagnol, manches remontées jusqu'aux coudes, en train de tourner une cuillère en bois dans un faitout.

Elle avait dû faire du bruit car Maximo pivota sur lui-même, tenant la cuillère en l'air comme un chef d'orchestre sa baguette. Son teint hâlé était coloré par la chaleur du fourneau, et il était incroyablement sexy. Le cœur de Hollie fit un bond dans sa poitrine, comme si elle découvrait l'extraordinaire beauté de cet homme pour la première fois.

Étaient-ce ses hormones qui la mettaient dans un tel état ? s'interrogea-t-elle.

En cet instant, Maximo avait tout du mâle *alpha*. Le chasseur, l'homme nourricier, en charge de sa famille. Le père de l'enfant que Hollie portait en elle…

Sous son pull-over, elle sentit ses tétons durcir, et se demanda si Maximo le remarquait. Était-ce la raison qui lui faisait presque imperceptiblement plisser les paupières ? Était-ce la cause de la tension qui semblait l'habiter tout à coup, l'immobilisant tel un fauve prêt à bondir ?

— Fichtre ! lâcha Hollie.

— *Fichtre ?* répéta Maximo sur un ton amusé qui soulagea un peu la tension. Dois-je prendre cela comme une suprême exclamation de surprise ?

— J'avoue que je suis effectivement déconcertée, admit Hollie. Je ne t'imaginais pas en apprenti cuisinier.

— Pas apprenti. Confirmé !

— Bien sûr ! Comment suis-je assez bête pour oublier que tu excelles probablement dans tout ce que tu entreprends ? Où as-tu appris à cuisiner ?

— Je me suis formé sur le tas. Comme je te l'ai dit, je tiens à pouvoir me débrouiller seul.

— Alors, je suis encore plus impressionnée !

Le regard de jais lui lança un coup d'œil insolent.

— N'y aurait-il pas quelque chose d'un peu sexiste dans ta remarque ? interrogea Maximo.

Peut-être avait-il raison ? songea Hollie. Elle n'aurait su dire. La seule chose dont elle était certaine, c'était le désir que son hôte lui inspirait tandis qu'elle le contemplait à nouveau penché sur le fourneau. En dépit de sa volonté, elle ne pouvait détacher les yeux des boucles brunes caressant la nuque de Maximo. Elle avait beau s'exhorter à ne pas se laisser aller à des chimères, la situation ne l'y aidait pas.

S'ils avaient eu une véritable relation, ne serait-ce pas le genre d'activités qu'ils partageraient – préparer le repas en badinant plaisamment ?

Sauf qu'elle n'avait rien de commun avec les femmes que Maximo fréquentait habituellement ! se rappela Hollie. Ses recherches sur Internet lui avaient confirmé cette douloureuse réalité. Elle n'avait été pour lui qu'un « coup d'un soir » – un corps accueillant, lors d'une nuit où il avait manifestement besoin de compagnie.

Néanmoins, il était vain de se perdre en pensées négatives ! Au lieu de cela, Hollie préféra s'absorber dans la contemplation de Maximo émincant des oignons avec dextérité. Il n'avait pas exagéré en affirmant être un cuisinier de talent.

— Que prépares-tu ? s'enquit-elle.

— Un plat du nord de l'Espagne appelé *cocido montañés*. Une sorte de pot-au-feu montagnard, si tu préfères. C'est typique de la cuisine de Cantabrie.

— C'est de là que tu viens ?

— Exactement.

Pendant quelques secondes, Maximo se contenta de remuer la préparation. Manifestement, il se sentait moins à l'aise en évoquant son lieu de naissance qu'en commentant sa recette.

— C'est plutôt une soupe d'hiver, reprit-il. On y met du chorizo, du porc, des haricots verts et des haricots blancs, du vin, de l'ail, et plus ou moins tout ce qui te tombe sous la main.

— Ce n'est pas vraiment…

— Pas vraiment quoi ?

De nouveau, Maximo avait suspendu son geste. Le faisceau des prunelles d'ébène la transperça comme un poignard.

— Eh bien, répondit-elle, ce n'est pas le genre de plat que j'imagine un homme comme toi en train de consommer. Encore moins cuisiner.

— Et pourquoi cela ?

Pensivement, Hollie suivit d'un doigt une profonde entaille sur la vieille table de bois.

— C'est plutôt un plat d'ouvrier, non ?

— Parce que ce n'est pas ce que je suis ?

Hollie eut un sourire ironique.

— Pas exactement, répliqua-t-elle.

— Peut-être plus aujourd'hui, répliqua-t-il à voix basse. Mais je l'ai été, autrefois.

Levant les yeux du plateau de la table, Hollie reporta son attention sur Maximo qui mettait le couvercle sur le faitout et baissait le feu.

— Toi ? s'exclama-t-elle. Tu as été ouvrier ?

Comment s'était-il laissé aller à pareille confidence ? s'interrogea Maximo en son for intérieur. Habituellement, il mettait un veto sur toute conversation concernant son passé.

Surtout si la demande émanait de l'une de ses conquêtes. Les femmes pensaient que connaître les détails de la vie de leur amant leur conférait un indéniable pouvoir sur ce dernier.

Son histoire n'appartenait qu'à lui seul. La seule période

de l'année où Maximo s'autorisait un retour sur les temps anciens était précisément celle de Noël, où il se livrait au rituel de la préparation de ce plat typique – lequel ne figurerait jamais à la carte des restaurants où il s'attablait désormais.

Cela lui permettait de ne pas oublier qui il avait été, et d'où il venait. Il y trouvait la confirmation qu'il ne pouvait que se satisfaire de son sort, et cela lui remettait à l'esprit tout ce qu'il refusait absolument dans sa nouvelle vie.

Cependant, un événement récent avait bousculé cet ordre des choses : le décès de sa mère.

Dire qu'il avait toujours pensé n'être en rien affecté par la disparition de celle-ci. Or il l'était bien davantage qu'il ne se l'était figuré.

Depuis qu'elle était morte, il se sentait… *perdu*. Comme un ballon de baudruche dont la ficelle a échappé à l'enfant qui le tient, et qui s'envole au gré du vent. À croire que toute la fortune et tout le pouvoir pour lesquels il avait tant lutté ne signifiaient plus rien.

Maximo en venait à se demander si c'était ce qui expliquait son aventure éphémère avec une petite provinciale. Cet ouragan de passion auquel il s'était abandonné si complètement qu'il en avait émergé, au matin, étourdi et désorienté. Avec le sentiment que, pour la première fois de sa vie, il avait enfin trouvé sa place.

N'était-ce pas précisément pour cela qu'il n'avait pas recontacté Hollie ? Il n'aimait pas les sentiments qu'elle suscitait en lui ou, plutôt, il s'en méfiait comme de la peste.

Maximo avait résisté à la tentation – fort surprenante, à ses yeux – de revoir la jeune femme. Les prenantes activités entre lesquelles il jonglait, d'un bout à l'autre de la planète, l'avaient aidé à mettre à distance le souvenir de cette nuit de passion – l'image de celle qui lui avait fait perdre temporairement le contrôle de lui-même.

Sauf qu'en plongeant son regard dans les grands yeux gris

braqués sur lui Maximo était soudainement tenté de s'ouvrir à Hollie de choses qu'il n'avait jamais confiées à personne.

Rien de trop profond, cependant, mais il serait amusant de révéler ce qu'avaient été ses débuts, de dévoiler en partie l'homme se dissimulant sous le vernis de raffinement.

Peut-être cela suffirait-il à ce qu'il résiste au désir de prendre Hollie dans ses bras pour l'embrasser follement ?

— Oui, finit-il par lâcher, j'ai été ouvrier. J'étais fils unique d'une mère célibataire, et l'argent manquait au foyer. J'ai souffert de la faim bien des fois. Cela m'empêchait même d'être assidu à l'école du village, dont le niveau n'était pas très élevé, d'ailleurs. Aussi, à quatorze ans, j'ai commencé à travailler sur des chantiers.

Les yeux de Hollie s'arrondirent.

— *Quatorze ans* ? souffla-t-elle. C'était légal ?

Maximo haussa les épaules.

— Probablement pas ! Mais il y avait peu de contrôles à l'époque. Le propriétaire du chantier ne m'a rien demandé. Je pense qu'il se moquait bien de mon âge.

— Tu lui as menti à ce sujet ?

— Je lui ai juste laissé croire ce qu'il avait envie de croire. En tous les cas, j'étais suffisamment grand et fort pour cela. J'ai beaucoup appris en travaillant dans le bâtiment.

— Que veux-tu dire ?

Il y avait tant de douceur dans la voix de Hollie que Maximo ne songea même pas à éluder sa question.

— J'ai appris à me battre. Aussi, j'ai découvert que l'alcool et le jeu étaient les plus brefs raccourcis vers la déchéance. Surtout, je n'ai pas mis longtemps à me rendre compte que je ne voulais pas de ce genre de vie.

— Je n'en doute pas. Mais comment as-tu échappé à la condition de…

Tête baissée vers la table, Hollie avait repris son occupation, suivant du bout du doigt les diverses éraflures. À croire qu'elle s'employait à éviter son regard. Ce dont Maximo ne pouvait que se réjouir. Car il y avait dans les magnifiques yeux gris une profondeur et une perspicacité qui rendaient difficile toute résistance à leur examen candide.

— D'ouvrier, tu veux dire ? fit-il. Ce n'était pas sorcier. J'ai su me rendre indispensable, et j'ai économisé sou par sou. Dès que je l'ai pu, j'ai fait l'acquisition de ma première pelleteuse. Puis d'une autre, et une autre encore. Assez vite j'en ai possédé une vingtaine, et je suis devenu sous-traitant de toutes les grandes entreprises de construction. Avant de me lancer, à mon propre compte, dans les travaux publics. Sans un regard en arrière…

Il était peu de dire qu'il n'avait jamais regardé en arrière !

Pendant quelques secondes, Hollie absorba toutes ces informations sans commentaire. Puis elle se lança :

— Ce n'est pas tout à fait comme cela que…

— Que tu voyais les choses ? Tu imaginais que j'étais né avec une cuillère en argent dans la bouche ? Comme on dit en espagnol : *nacer en cuna de oro.*

— Quelque chose comme ça, oui. Tu as l'air tellement à l'aise dans ta situation d'homme fortuné. Tellement bien dans ta peau…

— Je te remercie.

Maximo avait dit cela d'une voix rauque, avec une intonation teintée d'approbation. Lui-même s'en était rendu compte, et l'étonnement qu'il vit se peindre sur le visage de Hollie lui fit comprendre qu'elle aussi l'avait perçue.

Comment aurait-elle pu savoir qu'elle venait de le gratifier du compliment qu'il appréciait le plus ? Car n'était-ce pas ce pour quoi il avait lutté plus que pour toute autre chose ?

Être bien dans sa peau, et que cela soit visible.

Malheureusement, Hollie ajouta quelque chose qui lui fit reprendre pied dans la réalité du moment.

— Il y a aussi quelque chose de… *d'aristocratique*, dans ton allure, dit-elle avec une moue indécise.

Peut-être Maximo devait-il se réjouir que la jeune femme l'ait ramené à la raison ? Son étonnante perspicacité…

Que lui arrivait-il ? N'avait-il pas été sur le point de lui révéler toute sa pitoyable histoire ? Tout cela parce qu'il se laissait endormir par la douceur d'une voix, par un regard pénétrant.

Ce à quoi s'ajoutait le désarroi dans lequel l'avait plongé le décès d'une mère avec laquelle Maximo était brouillé depuis de longues années.

N'avait-il pas consacré deux décennies à éradiquer de sa mémoire les souvenirs qu'il avait manqué déballer devant Hollie ? Oubliait-il qu'elle disposait déjà d'un pouvoir exorbitant sur lui ?

Car la grossesse conférait à Hollie Walker une influence indue sur la vie de Maximo. Tout à coup, il en prenait conscience.

Or comment savoir quel usage elle comptait en faire ? Exercer un étroit contrôle sur son image était une préoccupation majeure pour Maximo, et ce, depuis toujours. Il n'acceptait jamais d'interviews, et ne laissait personne l'approcher de trop près. S'il se montrait très généreux avec son argent, il ne donnait pas la moindre part de lui-même à quiconque. Même au cours de ses relations amoureuses les plus durables – elles ne se prolongeaient jamais au-delà de quelques mois –, il demeurait toujours sur ses gardes. Ce qui, d'ailleurs, contribuait à l'attrait qu'il exerçait sur la gent féminine. Ses compagnes voyaient en lui une énigme et un défi à relever, persuadées qu'elles étaient de parvenir à faire s'effondrer les barrières dont il s'entourait.

Dans le cas de Hollie, les choses s'avéraient fort différentes. Bientôt, la rumeur ne tarderait pas à se répandre que cette Anglaise inconnue portait son enfant.

Ce serait alors à *elle* de présenter au monde l'image qu'elle souhaitait. Celle d'une victime si cela lui chantait. Maximo n'aurait aucun contrôle sur la situation.

Il sentit son estomac se nouer. Ne lui avait-il pas fait trop de révélations, quand lui-même ne savait rien d'elle ? Il était temps de redresser la barre. Non qu'il se souciât de découvrir ce qu'était la vie de la jeune femme. Plutôt pour rééquilibrer le pouvoir que chacun avait sur l'autre.

Tirant un tabouret en face d'elle, Maximo s'y percha et questionna :

— Mais toi, quelle est ton histoire ?

Hollie eut un instant d'hésitation. Certes, Maximo lui avait révélé davantage d'éléments de son existence qu'elle ne s'y attendait. S'il ne s'était pas montré aussi prolixe, elle aurait balayé sa requête d'un revers de main, arguant qu'il n'y avait pas grand-chose à raconter sur sa propre vie.

— Moi aussi, je suis fille unique, finit-elle par lâcher. Et j'ai été élevée par ma mère.

Aussitôt, Hollie vit un muscle se contracter convulsivement sur la tempe de Maximo. Craignait-il qu'elle leur cherche des points communs ? Sur-le-champ, elle mit l'accent sur ce qui les distinguait l'un de l'autre.

— Nous n'étions pas pauvres. Sans être vraiment à l'aise, non plus. Mon père…

— Oui, que faisait ton père ?

L'insistance avec laquelle il avait posé cette question fit hausser les épaules à Hollie.

— À vrai dire, je ne l'ai pas vraiment connu, fit-elle. C'était un homme à femmes. Séduisant. Charmeur. Il se déplaçait beaucoup pour son travail. Il a eu de nombreuses maîtresses, mais j'ai été sa seule enfant. Régulièrement, il prétendait être à nouveau amoureux de ma mère. Il s'installait avec nous pour quelque temps, puis…

Un instant Hollie se tut, perdue dans ses pensées, avant de reprendre :

— Peut-être trouvait-il que la vie de famille n'était

pas pour lui. Toujours est-il que ma mère et lui finissaient invariablement par se disputer, et il disparaissait à nouveau. Plus elle lui courait après, plus il la méprisait.

— Cela devait être dur pour toi.

Peu habituée à ce qu'on la questionne de la sorte, Hollie préféra feindre l'insouciance.

— Pas tant que ça, fit-elle. C'est vrai qu'à chaque fois ma mère s'effondrait. Les départs de mon père se soldaient par un épisode dépressif. Mais, comme on dit, à toute chose malheur est bon. C'est comme ça que je me suis mise à la cuisine. Ce qui…

— Qu'est-ce qui s'est passé, ensuite ? l'interrompit Maximo, repoussant d'un geste de la main sa tentative de faire de l'humour.

— Un jour, mon père a cessé de nous contacter, reprit-elle. Nous n'avons jamais su ce qui lui était arrivé. Il n'y avait pas de réseaux sociaux à l'époque. Ma mère ne s'en est jamais remise. Lorsqu'elle est morte, j'ai vendu la petite maison où nous habitions. Cela m'a permis de payer mon inscription dans une école hôtelière. Pour abréger, je m'y suis fait une amie avec laquelle j'ai monté un salon de thé à Londres, en utilisant le reste de mes économies.

— Et… ? J'ai l'impression que tu ne dis pas tout.

Cet homme ne manquait pas de discernement, songea Hollie.

— Mon associée a emprunté une grosse somme en se servant de notre commerce comme garantie, révéla-t-elle. Bien sûr, elle n'a pas pu rembourser.

— C'est du vol qualifié !

— Certainement… Mais bon… je n'ai pas eu l'énergie suffisante pour la traîner devant les tribunaux. Et puis, nous avions choisi un mauvais emplacement. Pas le genre de quartier où un salon de thé qui sert des scones avec de la crème est susceptible de marcher. C'est pour cela que je suis venue dans le Devon. Il n'y a pas meilleur endroit pour cela. D'ailleurs, c'est l'une des raisons pour lesquelles je suis heureuse que tu aies aussi choisi la région.

Maximo eut l'air décontenancé.

— Vraiment ? interrogea-t-il.

— Oui ! Je ne parle pas du bébé, bien sûr. Je sais que tu n'es pas ravi que je sois enceinte. Mais, ne t'inquiète pas, je saurai faire face.

— Hollie…

— Non, laisse-moi finir, je t'en prie.

Prenant une profonde inspiration, Hollie plongea son regard dans les profondeurs insondables des prunelles couleur d'encre, s'étonnant de l'épaisseur des cils noirs.

— Ce qui me réjouit, reprit-elle, c'est le fait que tu aies acquis Kastelloes. Grâce à toi, et tes projets d'hôtel de luxe, toute la région va reprendre vie. Mon commerce aussi bien que tous ceux de Trescombe vont en bénéficier.

Maximo se leva pour aller surveiller son pot-au-feu, et Hollie se demanda pourquoi il affichait soudain une expression étrange. Était-ce parce qu'elle l'ennuyait avec son bavardage ?

Tandis qu'il mettait la dernière touche à son plat, elle ne put détacher son regard de ses gestes souples, de son postérieur ferme étroitement moulé dans le jean noir.

Peu à peu, Hollie prenait conscience qu'ils étaient complètement seuls dans cette bâtisse imposante, isolée du monde. Elle ne pouvait ignorer la tension qu'elle sentait croître entre eux.

— Mangeons, annonça-t-il brusquement.

Ce fut avec un visage fermé qu'il servit, dominant Hollie de toute sa taille, l'englobant tout entière dans l'obscurité de son ombre oppressante.

Curieusement, Maximo avait réussi à détruire la fragile harmonie qui les avait brièvement rapprochés.

7.

Sous la pile de plaids en velours Hollie ne cessait de frissonner. Le silence régnant dans la pièce, et autour du château, était presque oppressant, seulement troublé par les cloches de l'église de Trescombe dans le lointain.

Elle avait beau faire, rien ne venait la distraire de la pensée que Maximo dormait à l'autre bout du couloir.

C'était tellement étrange !

Pensait-il à elle, ou dormait-il d'un sommeil paisible, même pas troublé par la présence de cette encombrante visiteuse ? Tendant l'oreille, Hollie perçut les douze coups de minuit, annonçant Noël à la ronde.

Un Noël qui n'aurait pu être plus misérable !

Pourquoi fallait-il qu'elle se retrouve coincée dans un château glacial, dégarni, en compagnie d'un homme qui aurait donné n'importe quoi pour qu'elle soit au diable ?

Hollie retourna son oreiller et le bourra de coups de poing. Elle avait eu beau compter tous les moutons de la création, le sommeil la fuyait obstinément. Depuis qu'elle avait gagné ce qui lui tenait lieu de chambre, à peine 22 heures sonnées, elle n'avait fait que somnoler par intermittence. Lorsqu'elle était montée, Maximo travaillait dans la bibliothèque.

Leur repas s'était déroulé dans une atmosphère des plus étranges. Oh ! certes, le pot-au-feu cuisiné par son hôte était délicieux – Hollie s'était répandue en compliments. Néanmoins, elle n'avait pu ignorer tous les non-dits qui semblaient flotter dans l'air autour d'eux comme d'invisibles boules de Noël. Tout comme elle n'avait pas réussi à dédaigner les spirales de tension qui s'enroulaient au creux de son estomac à chaque fois que Maximo s'approchait d'elle pour la resservir.

Malgré tout, Hollie avait mis à profit cette étrange soirée pour en apprendre un peu plus sur le père de son enfant. Découvrir qu'il n'avait pas hérité de sa fortune mais l'avait bâtie à la force du poignet l'avait emplie d'un indéniable respect à son égard.

Cependant, Maximo avait semblé regretter les confidences qu'il lui avait faites. Car, lorsqu'elle avait cherché à en savoir davantage sur son adolescence, il avait changé de sujet. Après quoi la discussion avait singulièrement manqué de naturel.

Pour couronner le tout, Hollie avait dû mobiliser tout son courage pour demander à son hôte s'il aurait quelque tenue adéquate à lui prêter pour la nuit – vu qu'elle n'avait rien prévu de tel. Il l'avait regardée comme si elle perdait l'esprit.

Ses yeux noirs s'étrécissant, il avait déclaré :

— J'ai pour habitude de dormir nu.

Une information dont Hollie se serait volontiers passée en pareilles circonstances. Se reprochant son abyssale stupidité, elle s'était levée d'un bond – espérant, ainsi, dissimuler la rougeur qui lui montait aux joues –, et avait pris la poudre d'escampette. Dans l'espoir de se réchauffer un peu, elle s'était fait couler un bain. À son retour dans la chambre, elle avait trouvé un grand T-shirt posé sur le lit. Lorsqu'elle l'avait enfilé, le contact du coton sur sa peau nue lui avait semblé d'autant plus doux qu'elle savait qui était le propriétaire du vêtement.

Les minutes s'égrenaient avec une lenteur insupportable, et Hollie continuait à se tourner et se retourner entre les couvertures. Un coup d'œil à sa montre lui révéla qu'il était déjà 1 heure du matin. S'enveloppant de l'un des plaids, elle gagna la fenêtre. L'admiration lui arracha une exclamation étouffée à la vue du décor enneigé. C'était la vision la plus extraordinaire qu'il se puisse imaginer : une véritable illustration pour conte de Noël.

Il ne neigeait plus, et l'énorme lune, haut dans le ciel, baignait le paysage immaculé d'une lumière argentée, transformant les hautes silhouettes des arbres en apparitions fantomatiques. Pendant un moment, Hollie demeura plantée devant ce spectacle, fascinée par tant de beauté. Puis elle prit conscience qu'elle mourait de soif, et regretta de ne rien avoir à boire dans la chambre.

Tendant l'oreille, elle n'entendit aucun bruit. Maximo devait dormir profondément. Avec mille précautions, Hollie ouvrit la porte et se glissa dans le couloir, serrant autour d'elle sa cape de fortune. Très doucement, elle gagna la cuisine. Lorsqu'elle actionna l'interrupteur, un flot de lumière inonda la pièce où ne demeurait aucun signe du repas. Maximo avait tout nettoyé avant de se coucher. Il ne mentait donc pas en disant qu'il était capable d'assumer les tâches ménagères. Ce qui ne laissait pas de surprendre Hollie, car jamais elle n'avait vu son père lever le petit doigt.

Après avoir avalé un verre d'eau tirée au robinet, elle le remplit à nouveau pour l'emporter. Éteignant, elle reprit le chemin du retour, s'étonnant de ne pas être effrayée de se déplacer ainsi dans l'obscurité. À vrai dire, il régnait une atmosphère paisible entre ces vieux murs. Combien de femmes l'avaient-elles précédée le long de ces passages, au plus noir de la nuit, incapables de trouver le sommeil parce que l'incertitude quant à leur avenir les en empêchait ?

Perdue dans ses pensées, elle avait presque atteint l'escalier lorsqu'une silhouette émergea de l'ombre, la faisant sursauter. L'eau décrivit un arc qui alla arroser le mur, et le verre glissa de ses doigts. Maximo se jeta en avant main tendue pour cueillir le récipient intact, comme un joueur de cricket réussit une prise exceptionnelle.

Les cheveux en bataille, il s'était manifestement habillé

à la hâte d'un pull-over et d'un jean dont le bouton de ceinture était défait.

— J'ai failli mourir de peur ! protesta Hollie avec véhémence.

— Je ne cherchais pas à te faire peur. C'est juste que j'ai entendu du bruit, et je suis venu voir ce qu'il se passait.

Marquant une pause, Maximo promena sur elle un regard impénétrable.

— Tu ferais mieux de regagner l'étage, ajouta-t-il avec une intonation soudain âpre. Il fait trop froid, ici.

Hochant la tête, Hollie se rendit compte qu'elle n'était pas en mesure de faire un pas. À croire qu'elle avait subitement perdu l'usage de ses jambes.

— Il fait froid partout, murmura-t-elle. Cela fait des heures que j'essaye de dormir.

Les paupières de Maximo se plissèrent, et une expression d'intense spéculation vint assombrir ses traits déjà difficiles à discerner dans l'ombre. Il semblait en proie à un conflit intérieur, dont Hollie n'aurait su dire quelle était l'issue lorsqu'elle le vit hocher la tête.

— Nous pourrions chercher une solution à ce problème, dit-il. Qu'en penses-tu ?

Au ton sur lequel Maximo s'était exprimé, Hollie sentit un piège voluptueux se refermer sur elle. Sous ses paupières lourdes, il l'observait de ce regard pénétrant qui la liquéfiait. Les pulsations d'un désir à fleur de peau emplissaient l'air autour d'eux, comme les battements d'un cœur.

Le souffle court, Hollie avait la sensation de jouer une partie dont elle ne connaissait pas les règles. Quelle carte devait-elle abattre ?

— Tout dépend de ce que tu as en tête, souffla-t-elle.

Un sourire rêveur monta aux lèvres de Maximo. Le genre de sourire auquel aucune femme normalement constituée n'aurait pu résister.

— Il y a plusieurs options, dit-il. Je peux te prêter un

T-shirt supplémentaire. Ou bien nous pouvons nous mettre en quête d'un autre de ces plaids que tu sembles tant apprécier. Enfin, l'autre possibilité serait que tu viennes te réchauffer dans mon lit. À toi de voir, Hollie. Que choisis-tu ?

Si Maximo avait posé la même question dans l'après-midi – au moment où il lui faisait clairement sentir qu'elle n'était pas la bienvenue –, Hollie se serait récriée avec force.

Sauf que l'obscurité les enveloppait dans un manteau d'anonymat, ce qui ne faisait qu'accroître la fièvre de ses sens. Et puis, n'était-ce pas le jour de Noël ? Un moment de magie, où les vœux les plus secrets étaient susceptibles de se réaliser, où tout devenait possible.

Maximo ne la jugerait pas mal si elle disait oui. Car l'instant présent était comme une bulle, suspendue hors du temps. Et elle mourait d'envie de céder.

— Tu sais bien ce que je choisis, dit-elle simplement.

Un grognement sourd monta de la gorge de Maximo. Apparemment, cette reddition sans condition le satisfaisait pleinement. Il posa le verre sur les dalles de pierre, très précautionneusement, puis la prit dans ses bras. Après avoir écarté du plat de la main les mèches éparses sur ses joues, il se contenta de la dévisager un moment d'un regard ferme.

Allait-il l'embrasser ? s'interrogea Hollie. Il n'en fit rien. Au lieu de cela, il noua ses longs doigts aux siens et l'entraîna vers l'escalier. Cela avait quelque chose de si raisonnable qu'elle en fut secrètement désappointée. Ce qu'elle avait espéré, c'était qu'il l'emporte dans ses bras le long des couloirs de l'antique château jusqu'à sa tanière. Ce fut seulement lorsqu'ils atteignirent le palier du premier étage que Hollie se risqua à lever vers Maximo un regard interrogatif.

— Tu veux savoir pourquoi je ne t'ai pas prise dans mes bras cette fois-ci, n'est-ce pas ? s'enquit-il.

Tout en acquiesçant d'un hochement de tête, Hollie hésita

entre admiration et agacement en constatant qu'il lisait en elle comme à livre ouvert.

— Eh bien, reprit-il, parce que tu es enceinte, et que j'aurais eu trop peur de te laisser tomber.

Il y avait quelque chose d'incroyablement tendre dans cet aveu, et Hollie sentit une onde de chaleur monter en elle.

— Tu es bien trop costaud pour me laisser tomber, protesta-t-elle doucement. Et puis, je ne suis pas en verre.

— Heureusement ! Tu sembles prendre peu de précautions avec ce matériau, si j'en juge par ce qu'il vient d'arriver.

Cette plaisanterie allégea quelque peu la tension qui régnait entre eux. Jusqu'à ce que Maximo recommence à poser sur Hollie un regard aussi ténébreux qu'impénétrable. Elle vit une veine battre follement à sa tempe.

— Quoi qu'il en soit, enchaîna-t-il, puisque nous sommes maintenant sur le palier…

Cette fois, il n'hésita pas à s'incliner afin de passer les bras sous ses jambes et la soulever du sol – donnant vie à ses fantasmes romantiques – pour gagner sa chambre.

À peine plus grande que celle de Hollie et tout aussi peu meublée, elle abritait néanmoins un lit bien plus imposant – quand bien même il était couvert.

Mais peu importait le décor ! Tout ce qui comptait, aux yeux de Hollie, c'était la façon dont cet homme la déposait précautionneusement sur l'amoncellement de couvertures – identique à celui qu'elle-même avait réalisé –, ses traits aristocratiques crispés tandis qu'il la couvrait d'un édredon, avant de se redresser pour ôter ses propres vêtements.

Les rayons de lune entrant à flots par la grande fenêtre nimbaient sa peau d'une lueur métallique. Hollie suivit des yeux le sillon de toison brune descendant en pointe des pectoraux jusqu'au nombril. Lorsque Maximo commença à faire glisser la fermeture à glissière de son pantalon, il releva la tête et la gratifia du sourire le plus lascif qu'elle eût jamais contemplé.

— Est-ce que cela t'excite de me voir me déshabiller ? l'interrogea-t-il dans un murmure.

Hollie opina du chef, soulagée que Maximo ne la traite pas comme la néophyte qu'elle était. Elle n'était pas encore remise de son étonnement à l'idée qu'un homme tel que lui puisse désirer une femme comme elle.

Cependant, en dépit de son absolu manque d'expérience, Hollie ne pouvait ignorer l'incroyable alchimie qui les unissait. Elle était, d'ailleurs, fermement décidée à jouir de chacune des secondes à venir.

Attendre l'impossible ne servait à rien. Mieux valait vivre à fond l'instant présent.

Elle sentit le matelas ployer sous le poids de Maximo tandis qu'il s'allongeait auprès d'elle. Suivant du doigt l'ourlet du T-shirt qu'Hollie portait encore, il murmura :

— Je suis en position désavantageuse. Me voilà entièrement nu, alors que tu n'as pas quitté ça.

Aussitôt Hollie leva les bras au-dessus de sa tête, et Maximo ne se fit pas prier pour la débarrasser de l'encombrant vêtement, qu'il lança au sol.

Appuyant les lèvres au creux du cou de Hollie, Maximo écarta la masse soyeuse de sa chevelure. A priori, il n'avait eu aucune intention d'en arriver là. Mais comment aurait-il pu résister à la tentation qu'incarnait son invitée inattendue ? Par ailleurs, qui aurait-il cherché à épargner en résistant à un désir que l'un comme l'autre éprouvaient ?

Il était clair que Hollie le désirait éperdument. Pour en juger, il suffisait de voir comme elle ondulait contre lui, telle une sirène, caressant l'épiderme de Maximo d'un souffle brûlant et saccadé. Quant à lui-même, qu'avait-il à perdre ? Le mal était déjà fait, en quelque sorte. Certes, c'était peut-être une vision passablement cynique. Mais, après tout, pourquoi nier les faits ?

Ses mains explorèrent les courbes délicieuses qui lui étaient offertes, renouant connaissance avec cette chair suave, cette peau de satin. Lorsqu'il recueillit les seins lourds dans ses paumes, Maximo songea qu'ils s'étaient davantage arrondis. Était-ce à cause du bébé ?

Une vague dont il n'aurait su dire exactement la nature submergea Maximo, mais il s'empressa d'y faire obstacle.

Il se refusait à penser au bébé.

Seul le plaisir comptait.

Aussi s'employa-t-il à mobiliser tous ses talents érotiques, mêlant flagrante provocation et promesses aguichantes. Tout en pressant son membre dur comme le roc contre le ventre de Hollie, il déposait une pluie de baisers sur ses paupières, ses joues, son cou, le lobe de ses oreilles, différant jusqu'à l'insupportable le moment où il capturerait ses lèvres avec passion. Était-ce le petit cri qu'elle laissa échapper qui précipita Maximo dans des abîmes insondables ? Comme si Hollie l'entraînait dans quelque région inconnue de lui, où l'obscurité le disputait à la douceur exquise d'un nectar sirupeux.

— Tu es… *deliciosa*, souffla-t-il.

— Délicieuse ?

— Tes progrès en espagnol sont étonnants, Hollie !

Avant qu'elle n'ait le temps de répondre à cette taquinerie par une remarque tout aussi désinvolte, Maximo scella les lèvres de Hollie par un baiser impérieux, puis glissa un doigt dans la douceur soyeuse de ses plis intimes.

Les gémissements impatients qui montaient de sa gorge, tandis qu'il la menait encore et encore au bord de l'orgasme, le transportèrent de ravissement.

Ce fut seulement lorsqu'il lui devint impossible de supporter une seconde de plus l'exquise torture à laquelle lui-même était soumis que Maximo la pénétra – quoique bien plus prudemment, et plus lentement, que la première fois.

Les sentiments que cela causait en lui étaient…

Étaient quoi, au fait ?

Il n'aurait su dire, tant sa raison était mise en pièces par la façon dont Hollie contractait ses muscles internes autour de lui. Des spasmes interminables la secouèrent, tandis qu'elle arquait le dos pour mieux s'offrir à lui. Enfin, le moment vint où Maximo fut, à son tour, ébranlé de longs frémissements avant de s'effondrer sur elle.

Pendant quelques instants, il n'y eut d'autre bruit que celui de leurs deux souffles mêlés, haletants, jusqu'à ce que Hollie approche ses lèvres de l'oreille de Maximo.

— *Maximo…*, murmura-t-elle.

Déjà il se sentait durcir de nouveau, et il lui intima d'une voix saccadée :

— Ne… ne bouge pas. Reste comme ça.

— Je n'ai pas l'intention d'aller où que ce soit.

Avec un petit rire étouffé, Maximo reprit doucement ses mouvements de va-et-vient. Un deuxième orgasme aussi fabuleux que le premier, puis un troisième défiant toute description, le laissèrent merveilleusement comblé.

— Je n'ai jamais fait l'amour sans protection jusqu'à cette nuit, confia-t-il tandis qu'il s'allongeait près de Hollie.

— Alors, c'est une première pour toi ?

— Si je compte bien, on peut parler d'une première, deuxième et troisième fois, non ?

Maximo se souvint seulement du rire ravi de Hollie lorsqu'il ouvrit les yeux après s'être assoupi pour ce qu'il pensait être un bref moment. Mais la vive lumière du matin d'hiver inondait la pièce, remplaçant la clarté argentée de la lune.

Sans dire un mot, il demeura immobile, la tête de Hollie reposant sur son épaule – sa chevelure étalée comme un rideau de soie sur son torse. Abaissant les yeux, il s'émerveilla des deux croissants identiques que formaient les épais cils bruns sur le rose de ses joues. Les lèvres carmin étaient entrouvertes, laissant passer un souffle lent et régulier. Maximo sentit une émotion inconnue de lui palpiter au tréfonds de son être.

Il y avait en Hollie quelque chose de tellement… *inattendu.*

La première fois qu'ils avaient fait l'amour, c'était découvrir son innocence qui avait désarçonné Maximo. Cette nuit, c'était sa fabuleuse spontanéité. Elle s'était abandonnée à lui avec la plus délicieuse simplicité. C'était comme si elle savait d'instinct de quelle manière le satisfaire – comme s'ils étaient faits pour s'accorder l'un à l'autre. À la perfection.

Bon sang, que lui arrivait-il ? Il lui fallait remettre de l'ordre dans ses idées, manifestement mises sens dessus dessous par le cocktail d'hormones courant dans ses veines.

Sans y prendre garde, il avait dû réveiller Hollie car les cils de velours papillotèrent. Les grands yeux gris levèrent vers Maximo un éclat qui l'éblouit. Il vit la confusion se peindre sur le visage de Hollie, montrant qu'elle ne savait plus trop où elle se trouvait, ni avec qui. Puis un sourire radieux retroussa les lèvres sensuelles, et il fut transpercé par le désir de l'embrasser à nouveau.

— Joyeux Noël ! dit-elle.

— À toi aussi.

Le bref sourire dont Maximo accompagna sa réponse avait pour objet de bien montrer qu'il n'avait pas changé du tout au tout pendant la nuit.

— Hollie…, enchaîna-t-il.

— C'est bon… Tu n'as pas besoin de te fatiguer. Je sais à quoi m'en tenir.

Hollie s'était empressée de couper la parole à Maximo, tout en se réfugiant de l'autre côté du lit.

— Vraiment ? questionna-t-il.

Le regard sombre qu'il lui lançait agaça Hollie. Que s'imaginait-il ? Qu'elle échafaudait déjà des projets d'avenir parce qu'ils avaient partagé une nuit d'amour fabuleuse ? Fallait-il qu'il soit épouvantablement sûr de lui pour se figurer que cela avait suffi à lui faire perdre la tête !

Sauf qu'il n'avait pas tout à fait tort... Néanmoins, il ne saurait jamais que le cœur de Hollie se gonflait d'une joie sans mélange à la pensée de ce qu'ils avaient vécu. Cela, elle ne l'avouerait jamais, de crainte que cela ne brise irrémédiablement le fragile lien entre eux.

Avant de répondre, Hollie prit le temps de maîtriser suffisamment sa voix pour dissimuler le désordre de ses émotions.

— Bien sûr que je le sais ! finit-elle par lâcher. N'avons-nous pas déjà eu cette discussion ? Tu n'es pas prêt à t'engager, et cela me convient parfaitement. J'ai juste pris beaucoup de plaisir à ce qui s'est passé cette nuit, et j'espère qu'il en a été de même pour toi...

— Comme si tu pouvais en douter ! grommela Maximo, lui coupant la parole.

— C'était tout à fait agréable, c'est sûr.

Tournant les yeux vers la fenêtre, Hollie ajouta :

— Eh bien, si la neige a commencé à fondre, je ne tiens pas à t'importuner plus longtemps.

D'un bond, elle quitta le lit, agrippant un plaid pour s'en entourer, puis elle gagna la fenêtre. Maximo ne la quittait pas du regard.

La scène qui se révéla aux yeux éblouis de Hollie était d'un blanc immaculé. Son cœur accomplit un saut périlleux dans sa poitrine lorsqu'elle comprit qu'elle n'était pas près de quitter le château.

Même si cela aurait été préférable pour l'un comme pour l'autre, elle se réjouissait secrètement à la perspective de faire durer encore un peu cette voluptueuse parenthèse...

— Oh ! Seigneur ! soupira-t-elle.

— Que se passe-t-il ?

— Je suis désolée de t'apprendre que tout est encore

plus gelé qu'hier soir. On dirait même qu'il a continué à neiger pendant la nuit. Le chemin m'a l'air complètement bloqué.

— Es-tu tellement pressée de me fausser compagnie, Hollie ?

Elle gratifia Maximo de son sourire le plus radieux.

Après tout, n'était-ce pas cela, Noël ? Une magie éphémère qui donnait le sentiment que tout était merveilleux, puis s'évaporait comme si rien n'avait existé.

Par ailleurs, ce n'était pas parce que Maximo affirmait détester ces festivités – tel Scrooge, l'affreux grincheux du conte de Dickens – qu'elle devait respecter son opinion.

D'accord, elle ne trouverait au château ni éclairages de fête, ni boules de couleur. Mais Hollie avait toujours su s'adapter aux situations imprévues.

— À vrai dire, déclara-t-elle, ce qui me chagrinerait réellement serait que nous ne fêtions pas Noël. Mais cela n'arrivera pas.

— Comment cela ? Il n'y a rien, ici, en matière de cotillons et décorations de fête. Et puis, je t'ai dit que je ne supporte pas Noël.

— Toi, peut-être, mais pas moi ! Je n'ai pas l'intention de me priver de ce plaisir simplement parce que nous manquons de ressources. Laisse-moi faire.

La façon dont le beau regard noir devint tout à coup rêveur n'était plus inconnue à Hollie. À percevoir la réaction instinctive de son propre corps, elle enregistra la sensation divine et irrépressible d'être entraînée dans un tourbillon enivrant.

— Je me moque éperdument de fêter Noël, grommela Maximo. Tout ce qui m'importe, Hollie Walker, c'est que tu viennes me rejoindre dans ce lit. Dépêche-toi, ou je vais perdre patience !

Jamais Hollie n'avait éprouvé le sentiment aussi grisant

d'exercer son pouvoir sur autrui. Un court instant, elle demeura impassible, se contentant de savourer. Puis elle lâcha d'une voix voilée :

— Pourquoi ne viens-tu pas me chercher ?

8.

— C'est bon, tu peux les ouvrir !

Les douces mains couvrant les yeux de Maximo s'écartèrent, et il demeura bouche bée, incapable de croire au spectacle qui s'offrait à lui.

Le dénuement de la vaste salle avait laissé place à une profusion de décorations scintillantes. Hollie ne s'était pas contentée d'orner la longue table de la bibliothèque afin de donner une allure festive à leur repas, elle avait aussi paré de guirlandes étincelantes le moindre recoin de la pièce.

Disques et carrés argentés tombaient du plafond, au bout d'invisibles fils de nylon. Hollie en avait disposé également sur une branche de conifère qui parvenait à ressembler à une sorte de sapin miniature. Elle avait réparti des branchettes de houx sur les étagères vides, et en avait rassemblé une brassée dans une cruche, au centre de la table.

Des baies rouges faisaient écho au bouquet, disséminées sur le plaid en velours écarlate dans lequel Hollie s'était enveloppée un peu plus tôt. Deux serviettes immaculées étaient nouées de rubans rouges – où diable Hollie les avait-elle dénichés ? –, et quantité de bougies de toutes tailles créaient des ombres fantasmagoriques à la ronde. D'autres flammes joyeuses montaient des bûches dans l'âtre.

Par la fenêtre, le crépuscule tombait sur le paysage enneigé. Le contraste avec l'intérieur illuminé faisait oublier la vétusté de la pièce, la parant d'une atmosphère magique.

— Comment as-tu fait cela ? souffla-t-il.

— J'ai juste utilisé ce qui me tombait sous la main, répondit Hollie avec un haussement d'épaules. Les bougies étaient dans l'arrière-cuisine. J'y ai aussi trouvé des morceaux de carton que j'ai découpés et recouverts de papier aluminium. Les rubans sont ceux de la boîte à gâteau de Janette. Et tout le reste vient du jardin.

S'interrompant, Hollie mordilla sa lèvre inférieure, le front barré d'un pli soucieux.

— Ça te plaît ? ajouta-t-elle.

— C'est… c'est étonnant. Tout à fait… remarquable.

— Assieds-toi. Je vais servir.

— Laisse-moi t'aider.

— Pas question ! C'est toi qui as tout fait, hier soir. À mon tour. Si tu veux, tu peux ouvrir le vin et t'en verser un verre. Pour ma part, je me contenterai d'eau. Évidemment !

Après avoir obéi aux injonctions de Hollie, Maximo alla ajouter une bûche dans le feu déjà crépitant, plutôt pour se distraire des pensées qui l'assaillaient. Tout *cela* était exactement la raison pour laquelle il refusait d'être invité à Noël. Il vivait ce genre de réjouissances chaleureuses comme un rappel douloureux de tout ce dont il avait été privé. Il ne pouvait s'empêcher d'imaginer ce qu'était la vie de familles heureuses, se rassemblant pour festoyer parmi les rires et les bavardages. Cette fois, son malaise était aggravé par le fait que Hollie portait leur enfant.

Elle revint, chargée d'un plateau que Maximo lui prit instantanément des mains, sans écouter ses protestations. Tandis qu'elle retournait à la cuisine, il suivit du regard le balancement involontairement provocant de ses hanches. Dans le pull-over qu'elle lui avait emprunté, et qui lui descendait à mi-cuisses, elle était extraordinairement sexy.

Lorsqu'elle s'était plainte de ne pas avoir de culotte de rechange, Maximo avait suggéré qu'elle pouvait fort bien ne pas en porter.

— Je ne peux pas faire ça ! avait-elle protesté.

— Pourquoi pas ?

C'était sur un ton léger que Maximo avait lancé cette provocation. Cependant, son cœur battait comme celui d'un adolescent. Tous deux avaient échangé un long regard entendu, ce qui avait retardé d'autant leur lever.

Après que Hollie se fut enhardie à le chevaucher longuement, ils avaient pris un bain ensemble, trempant dans l'eau jusqu'à ce que leurs doigts soient complètement fripés. Puis, avec des cris de ravissement, elle s'était laissé enrouler dans un peignoir et emmener de nouveau jusqu'à la chambre.

Avait-il jamais été à ce point excité par une femme ? se demanda Maximo. Si Hollie ne s'était pas donné tant de mal pour organiser un repas de fête, il aurait volontiers proposé qu'ils le remettent à plus tard, au profit d'agapes bien plus sensuelles.

Ils s'installèrent à la table, et Maximo fut envahi du curieux sentiment que des fantômes avaient pris place sur les sièges vides. Le fantôme de sa mère, tout d'abord. Également celui de son père, bien qu'il ait seulement appris le décès de celui-ci dans les pages d'un quotidien, l'année précédente.

Préférant ne plus penser aux Noëls manqués de son passé, Maximo regarda le ventre de Hollie, se demandant à quoi pourraient bien ressembler ceux à venir.

— J'ai réchauffé le reste de ton plat, dit-elle, sa voix douce le tirant de ses réflexions. J'ai aussi trouvé différents fromages et des charcuteries dans les paniers-repas que tu t'étais fait livrer. Est-ce que tu veux un peu de jambon ?

Impuissant à proférer la moindre parole – comme si sa langue était collée à son palais –, Maximo se contenta de secouer la tête, puis prit une gorgée de vin. C'était un cru qu'il réservait habituellement à ses Noëls solitaires – le genre de breuvage corsé qui réchauffait le sang. Mais, ce soir, il aurait tout aussi bien pu porter à ses lèvres un verre de vinaigre. Il le reposa, à peine entamé.

Pourquoi était-il à ce point obsédé par le passé ? C'était

comme si un lourd manteau pesait sur ses épaules – un manteau dont il ne parvenait pas à se défaire.

— Quelque chose ne va pas ? questionna Hollie.

De nouveau, Maximo secoua la tête.

— Non, tout va très bien, se défendit-il.

— Désolée de te contredire, Maximo, mais il est évident que quelque chose ne va pas.

— Mangeons, grommela Maximo.

Se rappelant qu'ils avaient sauté le petit déjeuner, il s'efforça d'ingurgiter un peu de nourriture. En face de lui, Hollie mangeait de bon appétit, et cela le réjouit. Au bout d'un moment, elle leva la tête de son assiette, posa ses couverts, et le fixa d'un regard songeur.

— Il y a quelque chose qui me tracasse, finit-elle par dire.

— Ah bon ?

C'était intentionnellement que Maximo avait répondu sur un ton blasé. Il était clair que Hollie voulait l'entraîner sur des sujets qu'il n'était pas prêt à aborder. Cependant, cela ne la dissuada pas de poursuivre. Après s'être tamponné les coins de la bouche avec sa serviette, elle attaqua :

— Tu m'as raconté comment tu as commencé à travailler, à quatorze ans, sur des chantiers… mais tu ne m'as rien dit de tes parents.

— C'était peut-être intentionnel.

Comme si elle n'avait pas entendu son commentaire, Hollie enchaîna d'un air songeur :

— Quand même, tu étais très jeune. Ils n'ont rien trouvé à redire à ce que tu fasses ta vie aussi tôt ?

Se donnant le temps de décider laquelle de ses habituelles stratégies de contournement il allait mobiliser, Maximo demeura silencieux. Mais quelque chose l'empêcha d'éluder comme de coutume. Était-ce la candeur du beau regard gris ? Ou l'expression bienveillante qu'il lisait sur le visage de Hollie, dépourvue de toute forme de jugement ? À croire qu'elle avait deviné la vérité.

Maximo se remémora ce qu'elle lui avait confié sur son propre père – l'incapacité de ce dernier à être présent pour elle. À vrai dire, Hollie Walker et lui-même avaient peut-être davantage en commun que Maximo ne se l'était figuré de prime abord. Et puis, quel mal y avait-il à ce qu'elle en sache un peu plus long sur le père de son enfant ?

— Mes parents n'étaient pas au courant, lâcha-t-il. À cette époque, ma mère et moi étions déjà brouillés.

— Quand tu avais *quatorze ans* ?

— Ce sont des choses qui arrivent.

— Et ton père ?

— La relation que j'ai eue avec cet homme a été tellement éphémère que j'ai du mal à lui donner ce nom.

— Pourquoi ? Que s'est-il passé ?

Cette fois, Hollie touchait à un sujet tabou, et Maximo pinça les lèvres. Un sujet qu'il avait soigneusement rayé de sa vie, prenant bien garde à ce que rien ne filtre sur Internet ou dans la presse. Très rares étaient ceux qui connaissaient l'identité du père de Maximo.

Soudain, il revit l'expression de mépris sur le visage des infirmières qui avaient entouré sa mère. Tout cela parce qu'elles le considéraient comme un fils indigne. Était-ce ce souvenir qui lui donnait envie de s'ouvrir à Hollie sur l'infortune de son enfance ? Pour faire comprendre à quelqu'un qu'une mère coupable d'abandonner son propre enfant – voire de le fuir comme la peste – ne méritait pas d'être aimée de ce dernier…

— Je suis un enfant illégitime, lâcha-t-il. De nos jours, ce n'est plus un problème. À l'époque, et dans la région où j'ai grandi, c'en était un et de taille.

Voyant la moue qu'esquissait Hollie, Maximo se demanda si ces propos la renvoyaient à sa situation du moment. Une mère célibataire était-elle encore vilipendée dans cette petite ville du Devon où elle s'était installée ?

— Mon père était l'une des plus grosses fortunes

d'Espagne, reprit-il. Le problème, c'est qu'il était marié. Ma mère n'était que l'une de ses nombreuses maîtresses. Il était déjà père de deux filles et, s'il souhaitait désespérément un héritier mâle, il espérait que sa très aristocratique épouse le lui donnerait.

Un instant, Maximo marqua une pause, serrant les lèvres avec amertume, puis il enchaîna :

— Lorsque ma mère lui a annoncé être enceinte, il n'a rien voulu savoir. Sa réputation était en jeu, et il se refusait à risquer le scandale. Il l'a chassée sans autre forme de procès. Et sans lui proposer quelque aide que ce soit. Même lui offrir une assistance matérielle aurait signifié admettre sa responsabilité si la chose avait transpiré.

— Et elle n'a pas essayé de le poursuivre en justice ? Ou d'alerter la presse ? Puisqu'il était si riche…

— Comme je te le disais, on vivait dans un monde différent, à cette époque. Donc, ma mère et moi avons vécu dans une quasi-misère. Et elle m'en a terriblement voulu de la priver d'une vie « normale ». Là où nous habitions, une mère célibataire était mise au ban de la société.

Les yeux gris le fixaient sans ciller. Hollie s'humecta les lèvres de la pointe de la langue, avant de demander :

— Et ensuite, que s'est-il passé ?

Maximo haussa les épaules, puis reprit son récit.

— Mon père n'a jamais eu d'autre fils que moi. Lorsque ma mère a appris qu'il était veuf, elle est allée le trouver pour le convaincre de faire ma connaissance, lui disant à quel point je lui ressemblais, tant sur le plan physique que moral – ce qui est vrai. Elle a plaidé qu'il ferait mieux de laisser son entreprise à un garçon, à qui il pouvait donner son nom, plutôt qu'à ses filles qui en changeraient. Bref, il a accepté de m'accueillir dans son immense demeure du centre de Madrid. Pour une période d'apprentissage, en quelque sorte. Afin de savoir si je me montrerais digne d'être légitimé.

S'interrompant, Maximo laissa s'installer un silence pesant. Ce fut Hollie qui le rompit.

— Tu as accepté ? s'enquit-elle.

— Mes conditions de vie étaient si dures que je ne pouvais voir là qu'une proposition alléchante. Malheureusement, je n'ai pas tardé à me rendre compte que je n'étais pas vraiment le bienvenu dans son foyer…

De nouveau, Maximo s'absorba dans les souvenirs du passé. Tout à coup, le gamin sans le sou s'était vu propulsé dans un univers parallèle où régnaient luxe et opulence. Ses sœurs se moquaient de lui car il ne savait pas quel couvert utiliser à table. Jusqu'aux domestiques, qui affichaient tout le mépris qu'ils lui portaient. Il n'était rien d'autre qu'*un bastardo*, et cela ne changerait jamais. Maximo avait tenu bon aussi longtemps qu'il l'avait pu, sans se défaire de l'impression d'être pris au piège.

Hollie l'arracha à ces tristes souvenirs.

— Tu as été mal accueilli ? questionna-t-elle.

— Personne ne m'a aidé à m'intégrer. Bien au contraire !

Vrillant son regard à celui de Hollie, Maximo comprit qu'elle attendait davantage que cet amer résumé. Sauf que cela aurait signifié se mettre moralement à nu devant elle. Afficher ses fragilités. Maximo ne s'était jamais montré vulnérable devant personne. Il n'allait pas commencer aujourd'hui, même devant la mère de son enfant.

— À la veille de Noël, reprit-il, j'ai décidé de retourner chez ma mère. J'ai fait du stop de Madrid jusqu'à La Coruña. Il était presque minuit lorsque j'y suis arrivé. La nuit était glaciale. Il neigeait. Je m'étais attendu à ce qu'elle soit sortie. Plus probablement pour aller au bar qu'à la messe !

Maximo laissa échapper un rire caustique, avant de poursuivre :

— Ce que je n'avais pas supposé, c'était qu'elle ait carrément déménagé. Sans laisser d'adresse…

Pour l'enfant qu'il était, le choc avait été terrible. Au

fond de lui, il avait toujours cru à son amour. En dépit de tout. N'était-elle pas sa mère ? Cette nuit-là, Maximo avait compris qu'il s'était bercé d'illusions. Cette femme ne l'avait jamais aimé. Il était tombé à genoux dans la neige, pleurant tout son soûl. C'était la dernière fois de sa vie où il avait versé des larmes. Heureusement, Maximo avait un peu de nourriture dans son sac à dos – la seule chose qu'il ait emportée de chez son père. Sans savoir où il allait, il s'était mis en route. Il avait marché toute la nuit et, au matin de Noël, il était tombé sur le chantier de construction. Il s'y était trouvé un abri pour attendre la reprise du travail. Et il s'était juré que plus jamais il ne laisserait quiconque l'approcher suffisamment pour le faire souffrir de la sorte.

Hollie ouvrait des yeux ronds.

— Elle ne t'avait même pas fait savoir où elle allait ? s'étonna-t-elle.

— Non ! Elle m'avait rayé de sa vie comme si je n'avais jamais existé. Ce n'est que bien plus tard, lorsqu'elle a eu vent de ma réussite, qu'elle m'a contacté.

— Et… est-ce que vous vous êtes réconciliés ?

— Nous nous sommes rencontrés, mais tout ce qui l'intéressait c'était ce qu'elle pouvait tirer de moi. Elle n'a jamais cherché à rattraper le temps perdu. J'ai subvenu à ses besoins sans la revoir, jusqu'à il y a quelques mois.

— Elle… est morte, c'est ça ?

Levant les yeux, qu'il fixait sur ses mains, Maximo se raidit.

— Comment le sais-tu ? questionna-t-il.

— Je l'ai deviné à ton expression. Tu as eu l'air si triste ! Je suis désolée pour toi, Maximo. Elle a eu beau se montrer cruelle avec toi, c'était ta mère, malgré tout.

Comment était-il possible que la voix de Hollie exprime tant de douceur ? s'interrogea Maximo.

Il s'apprêtait à nier éprouver quelque chagrin que ce soit, mais Hollie ne lui en laissa pas le loisir. Quittant sa chaise, elle fit le tour de la table et vint se mettre à califourchon sur ses genoux. Pendant un long moment, elle le dévisagea sans mot dire, puis appuya son front contre le sien. Personne n'avait jamais eu ce genre de geste un peu désuet avec Maximo. Cela n'avait rien de sexuel. C'était plutôt d'une extraordinaire tendresse consolatrice.

Il émanait de Hollie un parfum de savon et de fraîcheur qui fit venir à l'esprit de Maximo toutes les vertus qu'il associait à la jeune femme – vertus qu'il ne lui serait même pas venu à l'idée d'attribuer à ses conquêtes précédentes.

L'innocence, la pureté, la gentillesse…

Tout à coup, ce fut comme si toute la tension accumulée en lui se dévidait à toute allure, pareille au moulinet que relâche un pêcheur à la ligne. Quelque chose de tendu à se rompre venait de se briser net. Il enlaça Hollie si étroitement que l'on n'aurait pas glissé entre eux l'épaisseur d'une feuille de papier à cigarettes. Maximo n'avait jamais éprouvé pareil désir pour aucune femme.

Car cela ne pouvait être que du désir. Quoi d'autre, sinon ? La façon dont son cœur battait follement, la sensation qu'un incendie s'allumait au creux de son ventre lui étaient suffisamment familières. Pourtant, ce qui était tout à fait inhabituel pour lui, c'était l'urgence qui le taraudait – ce besoin dévorant de posséder Hollie.

D'une main refermée sur la nuque frêle, il lui fit incliner la tête jusqu'à ce que leurs lèvres se soudent. Maximo se délecta de leur douceur, du contact soyeux du rideau de cheveux sur ses doigts. Il approfondit son baiser de sorte que Hollie ne tarda pas à faire aller et venir son bassin contre lui, avec des mouvements de plus en plus éperdus. Qu'elle ne porte pas de culotte lui rendait perceptible, à travers l'étoffe du jean, le feu liquide perlant du cœur de son intimité secrète.

— Descends la fermeture de mon pantalon, murmura-t-il contre la bouche de Hollie.

Les mains tremblantes, elle entreprit instantanément de le libérer, ce qui nécessita quelques manœuvres peu commodes. Enfin, Maximo la souleva pour la faire s'empaler sur son membre dressé. Un gémissement monta de sa gorge lorsqu'il sentit qu'il l'emplissait totalement.

L'on aurait pu croire que Hollie était née pour cela, car elle le chevauchait avec un savoir atavique, dans un rythme venu du fond des âges.

En dépit de son manque d'expérience, elle semblait lire en Maximo comme à livre ouvert. Il n'eut même pas besoin de lui dire à quel moment ôter le pull-over qui la dissimulait, révélant à son regard affamé le divin balancement de ses seins pulpeux. D'un mouvement de tête, elle balaya ses épaules nues des ondulations chatoyantes de sa longue chevelure. Et, soudain, tous deux jouirent ensemble dans un orgasme interminable, tel que Maximo n'en avait jamais connu.

Il laissa échapper un long cri de plaisir, et son corps se convulsa dans d'irrépressibles soubresauts sous celui de Hollie. Lorsque tout s'apaisa, Maximo apprécia qu'elle ne dise rien. Il aurait détesté toute tentative éventuelle de trouver du sens à ce qui venait d'avoir lieu. Car cela n'en avait aucun. Ce n'était jamais que la manifestation de l'extraordinaire alchimie régnant entre eux.

Désireux de prendre un peu de distance pour remettre de l'ordre dans la confusion de son esprit, Maximo changea de position.

— Il serait peut-être temps de penser au dessert, non ? dit-il.

Le souffle de Hollie était chaud contre son cou, et elle répondit d'une voix somnolente :

— Mais… je n'ai rien prévu pour le dessert.

Fronçant les sourcils, Maximo s'écarta.

— Pourtant, tu avais bien apporté un gâteau, non ? fit-il.

Tirée, malgré elle, de sa béatitude, Hollie leva vers Maximo un regard dubitatif. Tenait-il vraiment à goûter ce fichu gâteau que Janette l'avait obligée à confectionner ?

Pareille demande n'était pas une manière très romantique de conclure ce qui avait été l'épisode le plus érotique de sa vie, songea Hollie, légèrement agacée. Encore une fois, cela traduisait le refus de Maximo de tout ce qui pouvait se rapprocher d'une manifestation de sentimentalité. Pour lui, ce qu'ils venaient de partager n'était rien d'autre que l'assouvissement de besoins purement physiques.

Mieux valait garder cela en tête au lieu de croire à d'inutiles chimères ! se morigéna-t-elle.

— Bien sûr, fit-elle. Je vais le chercher.

Se laissant glisser des genoux de Maximo, elle ramassa le pull-over sur le sol et l'enfila. Après un bref passage dans la salle de bains, Hollie revint dans la bibliothèque, portant le fameux gâteau. Maximo n'avait pas quitté sa chaise. Le regard fixé sur le feu crépitant dans l'âtre, il semblait perdu dans ses pensées. Lorsqu'elle posa la boîte sur la table, il tourna son regard vers elle. Son expression était indéchiffrable. L'atmosphère de sensualité langoureuse, dans laquelle ils avaient baigné un moment plus tôt, s'était complètement évaporée.

Elle se préparait à lui en couper une tranche, lorsque Maximo se leva et vint regarder par-dessus son épaule, déchiffrant l'inscription qu'elle avait laborieusement écrite sur le glaçage.

— *Felicidades !* lut-il lentement, à haute voix.

Puis il pointa du doigt la marque indistincte, à côté du mot.

— Qu'est-ce que c'est que ça ? interrogea-t-il.

La veille, Hollie aurait inventé n'importe quelles balivernes pour dissimuler le fait qu'une larme avait malencontreusement atterri sur sa création. Mais plus aujourd'hui. Au cours des heures passées, Maximo s'était confié à elle. Il avait baissé la garde, probablement parce qu'il la jugeait digne de confiance. Alors, pourquoi ne pas en faire autant avec lui ?

— Une larme, répondit-elle en haussant les épaules. Au moment où j'ai confectionné ce gâteau, j'avais un peu tendance à m'apitoyer sur mon sort.

— Et ce n'est plus le cas ?

— Plus du tout. Il faut apprendre à faire avec ce que la vie nous offre.

Prenant la part que Hollie lui tendait, Maximo en détacha un fragment qu'il porta à sa bouche tout en songeant aux événements qui avaient conduit à ce moment, et à tout ce qui allait suivre.

Quoi qu'il advienne, il assurerait à son enfant l'aisance matérielle dont lui-même avait été privé.

Mais cela suffirait-il ?

De l'autre côté de la table, Hollie détachait pensivement des petits bouts de glaçage du morceau de gâteau posé dans son assiette sans en manger une miette. Tout à coup, Maximo prit conscience d'une réalité qu'il avait négligée jusque-là : en dépit de son apparente simplicité, la jeune femme le mettait face à une situation d'une complexité inattendue.

Il était son premier amant. Le seul homme qu'elle eût jamais connu, à vrai dire. Bien que Maximo se soit efforcé de n'y accorder aucune réelle importance, il ne pouvait s'empêcher de sentir une bouffée de satisfaction primitive monter en lui à cette idée. De plus, il se devait bien d'admettre que l'imaginer dans le lit d'un autre le révulsait. De même qu'il n'accepterait jamais d'entendre son propre enfant appeler « papa » quelque inconnu.

Pareilles pensées étaient certainement le fruit d'un instinct de possession passablement développé. Mais elles n'étaient pas totalement dépourvues de bon sens.

L'absence de père avait projeté une ombre funeste sur la

vie de Maximo, et Hollie lui avait avoué avoir souffert tout autant d'une expérience quasi similaire. Pourquoi, alors, tous deux ne protégeraient-ils pas leur enfant de pareille souffrance ? Cela n'avait rien de bien compliqué.

— Marions-nous, Hollie, lâcha-t-il tout à trac.

Levant les yeux de son assiette, Hollie posa sur lui un regard plein de confusion. Fronçant les sourcils, elle demanda :

— Qu'est-ce que tu dis ?

— Épouse-moi, Hollie.

— C'est… un ordre ?

— Préférerais-tu que je joue les amoureux transis ? Que je mette un genou à terre ?

— Non. Je veux juste comprendre la raison de cette proposition surprenante.

— Eh bien, il me semble que c'est la solution la plus sensée au problème auquel nous sommes confrontés.

— Parce que tu appelles ça un *problème* ?

Esquissant une moue irritée, Maximo objecta :

— Je ne crois pas nécessaire d'enjoliver une situation dont ni toi ni moi n'avons voulu. Tout ce que je veux, c'est que cet enfant ne puisse pas croire que son père ne l'a pas désiré.

— Ce qui est pourtant le cas, non ?

Maximo secoua la tête.

— Maintenant que le choc est passé, je me rends compte que je *veux* cet enfant.

— Sauf que cela ne suffit pas à justifier un mariage, Maximo.

— Certes ! Et je n'aurais jamais fait pareille proposition à une autre que toi, Hollie. Mais je prends un plaisir certain à ta compagnie, ce qui n'a pas été le cas avec mes relations précédentes. De plus, crois-moi, l'alchimie sexuelle qu'il y a entre nous est quelque chose de très rare.

Hollie esquissa une moue dubitative.

— Quand même, fit-elle, le mariage est une solution plutôt extrême, non ?

Alors qu'il s'était figuré la voir capituler instantanément, Hollie lui résistait, et cela ne faisait qu'aiguillonner la détermination de Maximo – il ne se sentait jamais aussi vivant que lorsqu'il lui fallait batailler pour quelque chose.

— Je suis persuadé de n'avoir aucun mal à vivre avec toi, insista-t-il. Par ailleurs, mon travail m'oblige à voyager très souvent. Cela nous donnerait de l'espace à l'un comme à l'autre. Et puis, tu n'aurais plus à te faire du souci pour ta situation financière. Cela restera vrai même si tu décides que la situation ne te convient pas, et que tu demandes le divorce.

À lire dans les yeux de Maximo une attente imperturbable, Hollie se sentit curieusement ébranlée. N'aurait-elle pas dû être choquée par la façon dont il présentait les choses ?

À dire vrai, elle aussi prenait plaisir à la compagnie de Maximo. Et malgré son peu d'expérience en matière *d'alchimie sexuelle*, elle ne pouvait ignorer que leur entente atteignait un niveau qu'elle n'aurait jamais imaginé possible.

Mais le plus important n'était-il pas le bébé ? *Leur* bébé !

Hollie posa une main sur son ventre. Ne devait-elle pas à cet innocent de lui offrir le meilleur ?

Cependant, Hollie ignorait tout des us et coutumes en vigueur dans le monde privilégié de Maximo. Allait-il lui imposer le mode de vie de ce que l'on avait coutume d'appeler « un couple libre » ? Pareille situation serait au-dessus de ses forces.

— Comment envisages-tu la question de la loyauté dans le couple ? lâcha-t-elle. As-tu l'intention de m'être fidèle ?

— Absolument ! répondit Maximo d'un ton sévère. Mais je tiens à être honnête envers toi, Hollie. S'il advient que je rencontre une femme que je désire plus que toi, je t'en parlerai immédiatement, et nous nous séparerons.

Ce genre de réponse n'était pas exactement ce que Hollie espérait. Néanmoins, elle comprit qu'il lui faudrait s'en contenter. Au moins, elle pouvait compter sur la franchise de Maximo. Le douloureux récit qu'il lui avait fait de son enfance montrait qu'il n'était pas exempt de fragilités, tout autant qu'elle-même. Ne pouvaient-ils s'appuyer l'un sur l'autre pour faire face à un monde parfois bien cruel ?

Hollie sentit une soudaine paix l'envahir. Le sourire dont elle gratifia Maximo venait du fond du cœur.

— C'est d'accord, dit-elle d'une voix douce. Je veux bien t'épouser.

9.

Finalement, le dégel arriva. On aurait pu croire qu'il n'y avait jamais eu de neige. Que Noël n'avait pas existé, ni les quatre jours suivants.

Sauf que c'était loin d'être le cas. Ces quelques jours n'avaient-ils pas bouleversé la vie et l'avenir de Hollie ?

Elle avait débarqué à Kastelloes en n'ayant d'autre perspective qu'être mère célibataire. Or voilà qu'elle n'allait pas tarder à être l'épouse de Maximo Diaz, le très sexy magnat des affaires ibérique.

Laissant Maximo endormi, Hollie s'enveloppa d'un plaid en velours – de couleur verte, cette fois – pour aller se poster à la fenêtre. Il ne subsistait plus rien de la magie du paysage immaculé. Parcourue par un frisson d'appréhension, Hollie se tourna vers le lit. La masse de ses cheveux de jais en bataille, Maximo reposait paisiblement sur l'oreiller. Tout à coup, les pires craintes assaillirent Hollie.

Et s'il se réveillait en regrettant sa proposition ? Ne s'était-il pas laissé emporter par l'émotion des tristes confidences dont il s'était ouvert auprès d'elle ? Le plus habile serait peut-être qu'elle lui offre l'occasion de se rétracter d'une manière les épargnant l'un et l'autre…

Les longs cils bruns papillotèrent sur la peau mate, et Hollie se prépara à affronter une inévitable déception.

— La neige a complètement fondu, dit-elle *ex abrupto*.

— Tant mieux ! Si les routes sont dégagées, nous allons pouvoir regagner Londres.

— Londres ? Pourquoi cela ?

— Pour rejoindre mon jet privé qui va nous conduire à Madrid. J'y suis attendu pour une réception de nouvel an que je ne peux manquer sous aucun prétexte. Ce sera l'occasion de présenter ma fiancée à tout le monde.

Maximo s'était exprimé d'une voix très douce, mais avec une détermination clairement inébranlable.

Jusqu'à cet instant, Hollie n'avait pas envisagé la perspective de vivre à Madrid. Fallait-il qu'elle soit stupide ! se morigéna-t-elle *in petto*.

— Mais..., commença-t-elle.

— Quoi ?

Déjà, Maximo se levait, telle une statue de bronze soudain animée de vie. Il s'avança jusqu'à Hollie.

— Eh bien, enchaîna-t-elle, je vais devoir effectuer mon préavis à l'agence.

— Je peux tout à fait trouver quelqu'un pour te remplacer.

C'était une suggestion que Hollie jugeait presque offensante. Certes, son travail à l'agence n'exigeait pas de compétences particulières, et Janette n'était pas la plus conciliante des patronnes. Néanmoins, Hollie n'avait pas l'intention de s'évaporer dans un nuage de fumée. Tout cela sur un claquement de doigts d'un richissime individu.

De plus, céder aussi facilement aux injonctions despotiques de son futur époux n'augurait pas très favorablement de leur avenir commun.

— C'est hors de question ! protesta-t-elle. Je suis liée par un contrat. Je ne peux pas le rompre du jour au lendemain. Et je n'ai pas l'intention de quitter Trescombe en douce.

L'expression fermée que Maximo lui opposa montrait sans équivoque son agacement à la voir résister de la sorte.

— Cela m'ennuierait d'être séparé de toi, Hollie, dit-il. Je crois que j'ai un peu trop pris l'habitude de t'avoir dans mon lit. Mais, si c'est ce que tu souhaites, nous trouverons un *modus vivendi*.

Bien sûr qu'elle ne souhaitait pour rien au monde être éloignée de Maximo, même temporairement ! s'insurgea Hollie en son for intérieur. Qui sait si la distance ne le ferait-elle pas changer d'avis ? Horrible éventualité !

Ce qu'elle voulait, c'était devenir sa femme. Avoir un père pour son enfant. Vivre aux côtés de Maximo.

— Un mois, cela passera vite, affirma-t-elle avec une assurance qu'elle était loin de ressentir.

Maximo exhala un long soupir.

— Si tu le dis…, acquiesça-t-il d'un air boudeur. Je vais m'exhorter à la patience. Ce qui n'est pas ma qualité première. J'imagine que je devrais te féliciter pour ta loyauté à l'égard de ton employeuse. Mais, pour l'instant, le sujet est clos parce que je te ramène au lit.

Lorsque la limousine de Maximo s'immobilisa devant le château, Hollie émergeait à peine de l'éblouissement du plaisir.

Elle ne tarda pas à découvrir combien tout s'agençait avec une étonnante facilité dans le monde des ultrariches. Un avion les attendait pour les conduire à Madrid, et le chauffeur la déposa tout d'abord à la porte de son cottage avec instruction expresse de Maximo de n'emporter avec elle que l'indispensable.

— De toute façon, même après mon préavis, nous ne quitterons pas Trescombe pour toujours, n'est-ce pas ? le questionna-t-elle avant de sortir du véhicule. Lorsque tu entameras la rénovation de Kastelloes, il faudra…

— Concentrons-nous sur l'essentiel, veux-tu, Hollie ?

Certes, Maximo avait lancé cela d'un ton un peu sec, mais Hollie ne pouvait s'empêcher de trouver confortable que l'on décide à sa place. C'était bien la première fois de sa vie où elle pouvait s'appuyer sur quelqu'un. Elle avait porté sa mère à bout de bras, lorsque cette dernière s'était effondrée. Laisser quelqu'un d'autre assumer les responsabilités lui paraissait un changement bienvenu.

Invoquant la nécessité de passer divers appels téléphoniques, Maximo l'attendit dans la voiture, et Hollie n'eut besoin que d'une vingtaine de minutes pour se changer et préparer une petite valise.

Ce fut au pas de course qu'elle ressortit de chez elle, redoutant presque de ne plus trouver la limousine devant la porte – le carrosse de Cendrillon ne s'était-il pas transformé en citrouille à minuit ?

Mais non, le somptueux véhicule était toujours là, et les deux gamins de la maison voisine le contemplaient avec des yeux écarquillés, comme si le traîneau du Père Noël effectuait une visite tardive dans le quartier.

Traversant des villes en habits de fête, ils gagnèrent Londres à vive allure. Maximo en profita pour annoncer à Hollie son intention de lui procurer une garde-robe digne du rang qu'elle occuperait à Madrid.

Contemplant d'un air maussade ses bottes en cuir impeccablement cirées, Hollie questionna :

— Redouterais-tu que je te fasse honte ?

— Ce n'est pas cela. Simplement, tu ressembles à une écolière. C'est certainement très sexy, mais ce n'est pas tout à fait approprié pour ma fiancée. De plus, je ne veux pas que tu te sentes mal à l'aise lorsque tu rencontreras des femmes vêtues par de grands couturiers.

— Oh ! Seigneur ! gémit Hollie. À t'entendre, notre union ne va rien avoir de très réjouissant !

Le sourire dont Maximo la gratifia était empreint d'une telle sensualité qu'elle fut envahie par une onde de chaleur.

— Je peux te proposer des activités bien plus distrayantes, Hollie ! répliqua-t-il. En attendant, efface cette expression soucieuse de ton ravissant visage, et embrasse-moi.

Ce baiser eut la vertu immédiate de chasser tous les doutes de Hollie.

Une fois au centre de Londres, la limousine les déposa devant un grand magasin à la façade luxueuse. Les portiers en livrée semblaient sortis d'un roman de l'époque victorienne. En dépit de la foule affluant pour profiter des soldes de fin d'année, Hollie se vit attribuer une styliste personnelle chargée de la guider dans le choix de ses tenues. Néanmoins, Maximo insista pour les accompagner dans leurs recherches, ce qui ne laissa pas de surprendre Hollie.

Il lui consacra la plus grande attention tandis qu'elle paradait devant lui dans une succession de toilettes, et la lueur incendiaire qu'elle voyait s'allumer dans ses yeux à chaque fois qu'il approuvait enchantait la jeune femme.

Cependant, il finit par se concentrer sur les messages reçus sur son téléphone, et elle songea que rien n'avait plus d'importance pour Maximo que ses affaires. Au fond, il ne faisait que la déguiser comme une poupée, pour être certain qu'elle ne l'embarrasserait pas devant ses amis.

Néanmoins, Hollie ne pouvait nier le plaisir qu'elle prenait à essayer ces vêtements hors de prix. Jamais elle n'aurait imaginé la transformation qu'ils opéraient sur elle. Pour une fois, elle se trouvait presque… jolie.

— Je suppose que je ne suis pas la première à laquelle tu fais faire le tour des boutiques, finit-elle par glisser.

— Tu te trompes ! Cela ne m'est jamais arrivé. Tout comme il ne m'est jamais arrivé de proposer le mariage Par conséquent, pour t'éviter d'autres questions inutiles, je peux t'assurer que je ne me suis jamais investi de la sorte auprès d'aucune femme. Cela devrait à la fois te rassurer et te flatter, non ?

Ce qui n'était pas faux. Hollie avait le sentiment d'être… *unique*. Pour un peu, elle se serait mise à chanter à tue-tête. Elle avait l'impression d'être prête à conquérir le monde.

Lorsqu'ils en eurent terminé avec l'épisode shopping, Maximo l'emmena déjeuner dans un restaurant très chic. Puis il la déposa à nouveau devant le même temple du luxe, et Hollie fut entraînée jusqu'à un salon d'esthétique où on la soumit à divers traitements : pédicure, manucure, épilation, et leçon de maquillage. Enfin, ce fut le salon de coiffure, où son abondante crinière se vit légèrement raccourcie et disciplinée.

Lorsqu'elle eut le loisir de découvrir sa nouvelle apparence dans un miroir en pied, Hollie se demanda si c'était bien elle qui la regardait. Oubliés l'écolière sage aussi bien que le lutin aguichant ! Ils avaient laissé place à une étrangère sophistiquée.

Lorsque Maximo vint la chercher, il sembla tout aussi déstabilisé que Hollie l'était elle-même.

— *Estupendo !* murmura-t-il d'un air songeur, tout en la détaillant de la tête aux pieds. Qu'avons-nous là, *mia belleza* ?

— Ça ne te plaît pas, c'est ça ? interrogea Hollie tandis qu'ils se glissaient sur la banquette arrière de la limousine.

— Je n'ai rien dit de tel ! répliqua Maximo. Tu es juste méconnaissable. Pourquoi est-ce que tu ne me crois jamais lorsque je te fais un compliment ?

— Peut-être parce que je n'ai pas l'habitude qu'on m'en fasse.

— Alors, compte sur moi pour t'y habituer. La seule chose qui me chagrine, c'est que je n'ai pas le temps de te prouver sur-le-champ combien mes louanges sont sincères. Les boutiques vont bientôt fermer, et je tiens à ce que nous t'achetions une bague avant notre départ pour Madrid.

— Est-ce vraiment indispensable ? Il me semble que nous avons suffisamment fait d'emplettes pour aujourd'hui.

Maximo tourna vers Hollie un regard étonné.

— Je croyais que les femmes n'étaient jamais lasses de dépenser, observa-t-il. Serais-tu l'exception à la règle ? Quoi qu'il en soit, j'ai bien l'intention que tu aies au doigt le plus gros diamant possible à notre arrivée en Espagne.

Hollie se laissa donc conduire dans une discrète boutique qui ne ressemblait en rien à l'image qu'elle se faisait d'une bijouterie. À leur sortie du magasin, son doigt s'ornait d'une énorme pierre ronde dont la dimension suffisait à attirer tous les regards à la ronde.

Cependant, Hollie ne pouvait se défaire d'une étrange mélancolie. Cet achat s'était effectué sans la moindre émotion. Pas la plus infime expression de joie ne s'était inscrite sur le visage de son futur époux lorsqu'il lui avait glissé la bague au doigt. Elle avait tout juste pu déceler une lueur de satisfaction dans les prunelles de jais à l'instant où Maximo avait été complimenté par le joaillier pour avoir acquis le plus beau joyau de la collection.

Elle ferait mieux de ne jamais oublier qu'aucun sentiment n'entrait en ligne de compte dans leur histoire, se morigéna-t-elle *in petto*, tandis qu'ils remontaient en voiture.

Certes, Maximo et elle étaient liés par une indéniable attraction physique, et par leur mutuelle détermination à agir pour le bien de leur enfant. Cependant, cette union n'était jamais que la solution la plus favorable à ce que Maximo envisageait comme leur *problème* commun. Négliger cette vérité l'exposerait à de sérieux dangers.

— Où allons-nous, maintenant ? s'enquit-elle, un peu éblouie par les rais de lumière vive à sa main gauche.

Maximo leva le nez de son téléphone sur lequel il pianotait.

— Nous passerons la nuit au Granchester Hotel, répondit-il. Je suppose que tu dois être fatiguée après une aussi longue journée.

— Un peu, oui.

— Et demain, mon jet nous conduira à Madrid où nous assisterons à une grande réception de nouvel an.

Tout à coup, Hollie fut en proie à un accès de nervosité.

— Une *très* grande réception ? questionna-t-elle.

— Absolument ! Les Espagnols adorent fêter le passage à la nouvelle année. Tous mes amis seront présents, ce qui me permettra de leur présenter ma future épouse. Nous arriverons à Madrid pour le déjeuner.

— C'est là que tu habites ? À Madrid ?

Hollie se fit la réflexion qu'elle allait épouser un homme dont elle ne connaissait pratiquement rien.

— Oui, j'ai un appartement en plein centre. Je suis sûr que tu t'y plairas.

Pour un peu, Hollie aurait senti la tête lui tourner. Était-ce à cela que sa vie ressemblerait dorénavant ? Un tourbillon entre diverses capitales, entrecoupé de réceptions au côté des riches et célèbres de la planète ? Et saurait-elle y trouver sa place, ou resterait-elle l'insignifiante employée de bureau consacrant ses loisirs à confectionner de la pâtisserie ?

Ayant éteint son téléphone portable, Maximo lui caressa d'un doigt la paume de la main, et ce contact la fit frissonner de la tête aux pieds. Lorsqu'il s'inclina pour capturer ses lèvres, Hollie abaissa les paupières.

Que pouvait-elle désirer de plus ?

10.

— Et voici ma gouvernante, Carmen. Tu peux lui faire confiance pour te procurer tout ce dont tu auras besoin. Dans les limites du raisonnable, bien sûr.

Les yeux brillants, Maximo s'écarta pour laisser entrer Hollie.

— *Encantada de conocerte*, déclara-t-elle en utilisant l'une des rares phrases d'espagnol qu'elle avait apprises.

— Moi aussi, je suis très heureuse de faire votre connaissance, répliqua Carmen en souriant. Et je parle couramment votre langue

— Dieu soit loué ! s'exclama Hollie.

— Félicitations pour vos fiançailles, ajouta la gouvernante avec un bref coup d'œil en direction du colossal diamant. Tout le personnel est ravi pour vous et le *señor* Diaz. Soyez la bienvenue dans votre nouvelle demeure.

— Merci, Carmen.

Hollie passa la langue sur ses lèvres sèches. Ainsi, cet immense appartement moderne surplombant le célèbre parc du Retiro était censé devenir son foyer. Au premier regard, elle fut frappée par l'ordre impeccable qui y régnait. Parviendrait-elle à s'y sentir à l'aise ?

Au moins, elle était un peu plus calme que durant le voyage depuis Londres. Les papillons ayant élu domicile dans son estomac s'étaient multipliés jusqu'à être une véritable nuée lorsque le jet s'était posé sur l'aéroport de

Madrid. Une limousine les y attendait pour les emmener directement jusqu'à l'appartement.

— Veux-tu que je te fasse découvrir les lieux ? l'interrogea Maximo une fois qu'ils furent seuls.

— Avec plaisir.

— Ensuite, après le déjeuner, il sera temps de t'initier à l'une des principales traditions de mon pays : la sieste.

— *Maximo !*

— Tu ne réalises pas à quel point tu m'excites en prononçant mon prénom de cette manière. Surtout, ne cesse jamais, *mia belleza* ! Bon, maintenant suis-moi.

Hollie emboîta le pas à son guide, en s'efforçant de ne pas laisser paraître sa déception au fur à mesure qu'elle découvrait les vastes pièces.

Bien que meublées avec le plus grand soin, et décorées d'œuvres d'art manifestement ruineuses, elles étaient toutes plus impersonnelles les unes que les autres. Les fauteuils et canapés de cuir sombre donnaient à l'ensemble une dominante particulièrement masculine. La seule touche colorée était apportée par l'étendue turquoise du bassin de nage sur la gigantesque terrasse entourant le deuxième étage.

Prendrait-elle plaisir à vivre dans cet univers de surfaces étincelantes ? Un bébé y avait-il sa place ?

— C'est magnifique, murmura Hollie, ne sachant trop quels mots employer pour exprimer son opinion.

Malgré elle, la nostalgie de Kastelloes l'envahit. D'accord, il y faisait glacial et une partie de la bâtisse était presque en ruine, mais au moins l'endroit ne manquait pas d'âme. Et Maximo et elle y avaient vécu un Noël magique.

Tous les doutes de Hollie furent balayés d'un seul coup, après le déjeuner, lorsque Maximo l'interpella d'une voix voilée.

— Hollie ? Tu n'as pas oublié que notre programme de la journée inclut une incontournable sieste, au moins ?

— Bien sûr que non !

Dardant sur elle un regard torride, Maximo laissa échapper une sorte de feulement rauque, puis l'emmena dans la chambre, comme un guerrier victorieux emporte son butin.

Quelle importance pouvait bien avoir le décor autour d'elle ? songea Hollie en se blottissant contre lui.

La poitrine de Hollie se soulevait et s'abaissait au rythme de sa respiration paisible. Ses cheveux brun doré s'étalaient sur l'oreiller, et ses joues étaient légèrement rosies.

On ne pouvait pas dire qu'elle soit véritablement belle, songea Maximo. Son nez était peut-être un peu trop fort, ses lèvres insuffisamment pleines pour mériter ce qualificatif imprécis et subjectif. Mais elle était terriblement sexy.

À nouveau, il sentit le désir s'éveiller en lui.

De sa bouche avide, Hollie avait mené Maximo à un orgasme tel qu'il avait cru qu'il ne s'achèverait jamais, son grand corps secoué de spasmes incoercibles. Ensuite, il lui avait rendu la pareille. Se délectant du nectar caché au centre des cuisses fuselées à coups de langue délicats, il avait fait perdre la tête à Hollie. Les ongles plantés dans les épaules nues de Maximo, elle avait longuement psalmodié son prénom au moment où la jouissance l'emportait.

Se remémorant l'euphorie de ces instants, Maximo fut néanmoins traversé par une appréhension passagère.

Hollie lui donnait un plaisir tel qu'il n'en avait jamais connu avec ses maîtresses précédentes – et, au cours de ses trente-quatre années de célibat, il en avait connu bon nombre. Avec sa douceur, son innocence, sa simplicité, elle était différente de toutes les femmes qu'il avait croisées.

Le problème était qu'elle portait son enfant.

Est-ce que cela ne lui conférait pas le genre de pouvoir

qu'il s'était juré qu'aucune femme n'exercerait jamais sur lui ?

Soudain, Maximo sentit sa gorge se serrer. Avoir un enfant était à l'opposé de tout ce qu'il désirait. Comment pouvait-on être capable d'amour paternel quand on n'en avait jamais connu soi-même ? Faire endurer à un petit être ce dont lui-même avait souffert était une aberration.

Par ailleurs, Maximo accordait la plus extrême importance à sa propre liberté. Qu'en serait-il désormais ?

Un monde nouveau s'ouvrait devant lui. Au centre de ce monde se tenait la pure et naïve Hollie qu'il savait si fragile, si vulnérable. Bien trop même !

Maximo n'avait pas l'habitude qu'une femme pose sur lui ce genre de regard candide, plein d'espoir.

Lèvres serrées, il se promit de les protéger, elle et leur enfant, jusqu'à son dernier souffle. Sauf que, s'il était prêt à pourvoir à tout ce qui relevait des besoins matériels, il se devait de faire comprendre à Hollie que leur union ne serait jamais qu'un mariage de raison. Mieux valait qu'elle accepte la réalité, plutôt que de croire à d'impossibles mirages.

En bref, il incombait à Maximo de se montrer un peu cruel avec sa future épouse, mais pour le bien de celle-ci.

Caressant du bout des doigts le velours de sa joue, il murmura :

— Hollie ?

Au son de sa voix, elle ouvrit les yeux et eut un sourire timide en voyant qu'il la contemplait.

— C'était… fabuleux, souffla-t-elle.

— Certes. Mais il est temps que nous nous préparions. Je te rappelle que nous sommes attendus.

— J'ai un peu peur, Maximo.

— De quoi ?

— De ne pas plaire à tes amis.

— Il n'y a aucune raison pour cela. Maintenant, va te préparer.

Se dirigeant vers la salle de bains, Hollie pesa les paroles de Maximo. Il semblait n'avoir aucune conscience du fait que le monde dans lequel il gravitait n'avait rien de commun avec celui dont elle était issue. Contrairement à ce qu'il affirmait, il n'était pas certain que les connaissances de Maximo accueillent à bras ouverts une étrangère dépourvue du raffinement auquel elles étaient habituées. Ne penseraient-elles pas que leur ami avait perdu la tête ?

Se glissant sous le jet puissant de la douche, Hollie laissa l'eau chaude ruisseler sur sa peau. Il ne servait à rien d'anticiper le pire, se dit-elle.

Lorsqu'elle émergea de la salle de bains, vêtue seulement d'un peignoir immaculé, elle se sentait beaucoup mieux.

La vision de Maximo dans un élégant costume noir était si fascinante que Hollie fut submergée par une inévitable bouffée de désir. Nonchalamment installé dans l'un des fauteuils de cuir sombre de la chambre, il leva les yeux de son portable en l'entendant.

— Je ne sais vraiment pas comment m'habiller, déclara Hollie en passant en revue ses nouvelles tenues déjà soigneusement disposées dans la penderie – probablement pendant qu'ils se restauraient.

— Mets la robe noire, décréta Maximo, et relève tes cheveux.

— Je croyais que tu aimais mieux quand ils étaient lâchés.

— Oui, mais pas ce soir. Et cesse de me regarder de cet air suspicieux, Hollie. J'ai une bonne raison pour cela. Tu comprendras tout à l'heure. Patience, *mia belleza*.

Une demi-heure plus tard, Hollie était fin prête. Elle avait noué sa chevelure en un chignon souple, bas sur la nuque, et la soie noire de la robe effleurait ses genoux. Une paire de sandales à brides ajoutait quelques centimètres à sa taille. Tandis qu'elle se penchait vers le miroir de la coiffeuse pour maquiller ses lèvres d'un simple lip gloss, Maximo traversa la pièce et vint poser un écrin sur la tablette, devant elle.

— Ta tenue sera parfaite avec ceci, déclara-t-il.

Il ouvrit le coffret, révélant une paire de longues boucles d'oreilles absolument sensationnelles, dont les diamants scintillaient de mille feux.

— Tu m'as déjà tellement gâtée, Maximo ! protesta-t-elle.

— C'est ton cadeau de Noël.

— Mais je ne t'ai rien offert !

À la grande surprise de Hollie, Maximo appliqua une main sur son ventre encore plat. Dans le miroir, leurs regards se rencontrèrent.

— C'est faux, rectifia-t-il d'une voix très douce. Tu m'as offert le plus précieux cadeau qui soit. Un cadeau que l'argent ne peut acheter. Mon enfant !

Il se tut, et pendant quelques secondes Hollie fut captivée par le regard d'ébène braqué sur elle comme un projecteur.

— Est-ce que cela te dérangerait si nous annoncions la nouvelle dès ce soir ? questionna Maximo. Cela couperait court à toutes les rumeurs et spéculations.

Dans un premier temps, Hollie ne sut trop que répondre. L'idée ne la séduisait guère. C'était encore tellement nouveau, et tellement… intime. Cependant, cela n'avait rien d'un secret honteux. Par ailleurs, elle avait dépassé le nombre de semaines critiques.

— Ça ne m'ennuie pas du tout, se résolut-elle à répondre.

Avant que Maximo ne se détourne, Hollie eut le temps de percevoir une lueur surprenante dans ses yeux noirs. Un éclat presque dur, très macho.

Serait-ce un éclair de triomphe ?

L'ombre d'un mauvais pressentiment vint s'ajouter aux craintes qui la tenaillaient déjà. Hollie décida de les repousser, et de se concentrer plutôt sur tous les bonheurs que la vie lui apportait. Demain serait le premier jour d'une nouvelle année, et elle le passerait en compagnie du père de son enfant, lequel n'allait pas tarder à être son époux. N'était-ce pas suffisant pour la rendre heureuse ?

Maximo l'entraîna dans le salon, situé au dernier étage de l'immeuble, où Hollie admira la vue sur Madrid et le parc du Retiro tout en sirotant un verre de *casera* – une boisson gazeuse, légèrement citronnée, très populaire en Espagne comme le lui expliqua Maximo.

Puis la limousine les emporta vers le très chic quartier où se déroulait la fête. Au milieu d'un immense domaine, une imposante construction moderne resplendissait de mille feux, entre projecteurs éclairant habilement statues et buissons, et guirlandes d'ampoules colorées. Tandis que leur véhicule progressait lentement sur une longue allée, Hollie aperçut une foule d'invités buvant et riant. On se serait cru dans un spot publicitaire, et elle aurait mis au défi quiconque ne faisait pas partie de ce cénacle de ne pas être épouvantablement intimidé.

Inconsciemment, elle avait dû se raidir, car Maximo lui caressa la paume de la pointe de l'index.

— Tout va bien ? interrogea-t-il.

— Oui. Je suis juste un peu nerveuse.

— C'est inutile, *mia belleza* ! Je suis certain que tout le monde va t'apprécier. Ah, j'ai oublié de te parler d'une autre de nos traditions nationales…

— Comme la sieste ?

— Tout aussi importante, *sí* ! *Las doce uvas de la suerte* sont aussi chères au cœur des Espagnols que la *siesta*. Nous sommes un peuple pétri de traditions.

Hochant la tête, Hollie se demanda si l'attachement de Maximo à ces rituels était dû au fait qu'il avait grandi sans en connaître aucun. Tout comme elle-même.

— Et en quoi est-ce que cela consiste ? s'enquit-elle.

— À chacun des douze coups de minuit, il est de coutume de manger un grain de raisin. Cela porte bonheur au cours des douze mois de l'année à venir. Rares sont mes compatriotes qui prendraient le risque d'attirer sur eux le mauvais œil en contrevenant à cette coutume.

— En Angleterre, nous jugerions plutôt cela comme de la superstition.

— Alors, je ferai mon possible pour te persuader du contraire, souffla Maximo tout contre sa joue.

Il avait accompagné sa phrase d'une caresse le long de sa cuisse, et Hollie frémit car il semblait lui rappeler tous les délices qui les attendaient à l'avenir.

À leur entrée dans le grand salon de réception, toutes les têtes se tournèrent vers eux. Après une pause d'une fraction de seconde, les conversations reprirent de plus belle. Un homme – très grand et très beau – s'extirpa du groupe qui l'entourait et se dirigea vers eux pour les accueillir.

— Maximo ! lança-t-il. Je suis tellement heureux que tu aies réussi à te libérer.

La main de Maximo se posa au creux des reins de Hollie.

— Javier, dit-il, permets-moi de te présenter ma fiancée, Hollie Walker. Hollie, voici notre hôte, Javier de Balboa. Un très vieil ami à moi.

— Je suis enchantée de faire votre connaissance, Javier.

— Ainsi, il existe bien une jeune audacieuse qui ne renonce pas à dompter ce loup solitaire à l'âme noire comme la nuit, déclara Javier avec un regard pétillant de malice. J'espère que vous avez conscience de la tâche à laquelle vous vous attelez, Hollie.

— Oui, je le crois, répliqua Hollie.

Sa repartie timide amena un sourire sur les lèvres de ses deux interlocuteurs, et Hollie se sentit tout à coup un peu plus à l'aise. Lorsque Javier prit deux coupes de champagne sur le plateau d'un serveur pour leur en tendre une à chacun, elle osa réclamer un verre de *casera* à la place.

— Vous n'aimez pas le champagne ? s'étonna Javier.

— Hollie est enceinte, expliqua Maximo.

— Ah, bien sûr ! s'exclama leur hôte. Dans ce cas, je vous adresse mes félicitations à tous les deux.

Une fois que ce dernier eut disparu, Hollie s'interrogea sur le sens de son exclamation. Javier avait-il signifié que seule l'arrivée d'un enfant était susceptible de forcer au mariage un célibataire endurci tel que Maximo ? Et n'était-ce pas le cas ?

Maximo s'était lancé dans une conversation animée avec un invité, et Hollie se sentait désespérément seule. À ses côtés, son futur époux était le centre de l'attention. Peu à peu, elle avait l'impression de disparaître dans l'ombre.

En dépit de tous ses efforts pour se mettre à l'unisson de la gaieté ambiante, Hollie avait toutes les peines du monde à faire taire la nervosité qui l'étreignait davantage au fil des minutes. Dans un coin de la vaste salle, elle repéra d'immenses saladiers remplis de grappes de raisin. Parviendrait-elle à se plier à la coutume locale, alors même que sa grossesse lui coupait sérieusement l'appétit ?

Regardant à la ronde, Hollie fut frappée par le nombre de splendides élégantes gravitant en ce lieu. Les propos que lui avait précédemment tenus Maximo lui revinrent en mémoire : le jour où il rencontrerait une femme qu'il jugerait plus désirable qu'elle, c'en serait fini de leur histoire.

Comment pareille chose ne se produirait-elle pas, une fois que se serait émoussé l'enchantement de leur vie sexuelle ?

Tout à coup, Hollie eut l'impression de partir à la dérive sur un radeau, ballottée par une mer démontée. Elle était seule et perdue, en dépit de la présence à ses côtés de cet homme superbe qui concentrait les regards de toutes les femmes de l'assemblée.

11.

Au matin d'une nuit agitée, Hollie s'éveilla pour se rendre compte qu'elle était seule dans le lit de Maximo. Battant des paupières, elle reprit contact avec l'environnement étrange de la chambre.

Où donc était passé Maximo ?

Comme en réponse à sa muette interrogation, il entra, vêtu de noir de la tête aux pieds comme à son habitude. Absorbé par une conversation sur son portable, il se contenta de lui adresser un signe de la main. Lorsque Hollie sortit de la salle de bains, un peu plus tard, il était toujours au téléphone. Pensive, elle alla se planter devant la fenêtre. Par-delà les frondaisons du parc du Retiro, les immeubles et les rues encombrées retinrent son attention. Madrid avait beau être une ville réputée pour sa beauté, Hollie craignait de ne pas s'habituer à l'effervescence de la capitale espagnole en comparaison du calme provincial de Trescombe. C'était ce qu'elle avait apprécié par-dessus tout après avoir quitté Londres.

Son entretien terminé, Maximo vint se placer à côté d'elle, nouant un bras autour de sa taille.

— Tu es déjà debout ? s'étonna-t-il. Je pensais que tu dormirais davantage. Nous nous sommes couchés tard. Est-ce que la réception t'a plu ?

— C'était très agréable, oui.

— Qui était cette femme avec laquelle tu t'es entretenue une bonne partie du temps ? La blonde, avec une robe verte.

— Tu veux parler de Cristina ?

En souriant, Hollie se remémora la rencontre qui l'avait grandement aidée à supporter une soirée passablement éprouvante. Lui décochant un sourire lumineux, la très élégante inconnue avait traversé toute la salle pour venir à sa rencontre. Tout de suite, elle avait montré une bienveillance chaleureuse, confiant qu'elle aussi avait vécu l'expérience d'être nouvelle venue au milieu de ce genre de réception.

— Cela peut avoir quelque chose d'un peu pesant, avait-elle avoué d'une voix douce. Tous ces gens sont charmants, mais un peu intimidants. Attendez de les connaître mieux.

L'arrachant à ses pensées, Maximo l'interrogea :

— Qui est cette Cristina ?

— Elle est propriétaire d'une boutique dans la... Hum ? Calle de Serano, c'est ça ! Elle a proposé que nous déjeunions, un de ces jours. Je lui ai donné mon numéro de portable, mais je lui ai bien précisé que je regagnais bientôt l'Angleterre. Nous nous verrons à mon retour.

Nouant ses doigts à ceux de Hollie, Maximo l'entraîna vers le lit.

— C'est très bien, dit-il. Il faut que tu te fasses des amies.

La faisant s'allonger, il commença à se dévêtir.

— Qu'est-ce... qu'est-ce que tu fais, Maximo ? questionna Hollie.

— À ton avis, *querida* ?

— Mais... mais tu sors à peine de la douche...

— J'en prendrai une autre. Je meurs d'envie d'être en toi.

Lorsque leurs corps se soudèrent l'un à l'autre, Hollie se délecta du contact avec l'épiderme satiné de son amant. D'une voix rauque, il souffla tout contre sa bouche :

— Est-ce que tu aimes le goût de mes lèvres, *mia belleza* ?

— Oh ! oui, gémit-elle en retour.

Déposant une pluie de baisers sur son cou, puis sur son ventre, Maximo s'aventura entre les cuisses de Hollie. Elle battit des paupières au premier coup de langue sur ce qui était le nœud gordien d'où semblaient irradier toutes ses terminaisons nerveuses. Très vite, Hollie sentit tous ses muscles se contracter convulsivement dans l'explosion de plaisir qui faisait désormais partie intégrante de sa vie.

Comment avait-elle pu vivre aussi longtemps sans connaître cela ? se demanda-t-elle, lovée entre les bras de Maximo, après l'orgasme. Comment avait-elle fait pour vivre aussi longtemps sans *lui* ?

Sauf que leur relation ne tarda pas à prendre un tour que Hollie n'avait pas imaginé. La complicité qu'ils avaient connue, dans les jours suivant Noël, s'évapora comme si elle n'avait jamais existé. Leurs échanges devenaient affreusement prosaïques.

Certes, la même entente magique continuait à exister à chaque fois qu'ils faisaient l'amour. Mais elle avait clairement conscience que Maximo se montrait de plus en plus distant depuis leur installation à Madrid. Totalement obsédé par son travail, il passait l'essentiel de son temps au bureau. Lorsqu'elle lui en fit la remarque, il ne manifesta pas le moindre remords.

— Enfin, Hollie, regimba-t-il, tu peux comprendre que mes affaires m'accaparent. Je dirige une grande entreprise, et le sort de milliers de gens repose sur mes épaules.

— Est-ce que ce sera pareil quand le bébé sera là ?

— Je n'en sais fichtre rien ! Ne compte pas sur moi pour te faire des promesses que je ne suis pas certain de pouvoir tenir, *querida*. Tout ce que je peux te dire, c'est que je ferai de mon mieux pour être un bon père. C'est déjà bien, non ?

Quand bien même Maximo faisait preuve d'une honnêteté qui l'honorait, ce n'était pas ce que Hollie avait envie d'entendre. Ces propos n'avaient rien de particulièrement rassurant. De toute évidence, Maximo considérait avoir rempli sa part du contrat, ce qui lui laissait désormais tout loisir de porter son attention sur d'autres sujets.

Qu'attendait-il d'elle ? Qu'elle vaque à ses propres activités de son côté ? Ce n'était pas tout à fait comme cela qu'elle avait envisagé son avenir conjugal.

Bien trop rapidement à son goût, cependant, le moment de son retour dans le Devon finit par arriver.

Dans le jet privé qui la ramenait à Londres, Hollie se demanda si Maximo était soulagé de retrouver son bel appartement pour lui tout seul. Elle n'avait entendu dans sa bouche aucun regret de la voir partir. Le matin même, il lui avait fait l'amour, puis l'avait longuement serrée contre lui, sans un mot. Pantelante des derniers vestiges de l'orgasme, Hollie ne s'était pourtant jamais sentie aussi seule.

Se retrouver en Angleterre parut à Hollie à la fois étrange et bizarrement réconfortant. C'était comme enfiler une vieille robe de chambre confortable.

Tandis que la limousine progressait le long des rues de Trescombe, elle prit conscience qu'elle était chez elle dans la petite ville. À sa demande, le chauffeur fit une halte devant l'épicerie du quartier, pour qu'elle fasse quelques provisions, et le propriétaire la regarda entrer avec des yeux ronds.

— Hollie ! s'exclama-t-il en lui souriant de toutes ses dents. Où étiez-vous passée ? J'ai failli ne pas vous reconnaître !

En rougissant, Hollie songea qu'elle n'avait pas accoutumé le brave homme à débarquer avec une voiture de luxe, qui plus est vêtue d'un manteau en cachemire manifestement hors de prix, et avec au doigt un diamant colossal.

Dès le lendemain, résolut-elle, ses jupes et chemisiers très raisonnables ressortiraient du placard où elle les avait remisés. La question la plus urgente à résoudre était de savoir comment elle allait présenter la situation à Janette. Avec sa curiosité légendaire, cette dernière ne manquerait pas de s'autoriser toutes les indiscrétions possibles, et s'attendrait à ce que Hollie lui raconte un véritable conte de fées.

Il serait difficile d'enrober de romantisme ce qui n'était que l'aboutissement d'une aventure d'un soir aux conséquences inattendues. Et considérables !

De plus, il n'était pas question pour Hollie de s'ouvrir à sa patronne des doutes qui l'assaillaient quant à la place qui était la sienne dans la vie de son richissime et charismatique futur époux.

Mordillant sa lèvre inférieure, elle songea à la manière dont Maximo semblait la mettre de plus en plus à distance. Certes, il ne lui avait pas caché qu'il ne donnerait jamais dans les sentiments à l'eau de rose. Savoir cela ne changeait rien à ce que Hollie éprouvait. À chaque fois qu'elle pensait à lui, le désir lui faisait tourner la tête.

Parfois, lorsqu'elle reposait dans les bras de son amant, quand les battements du cœur de celui-ci s'apaisaient lentement en rythme avec les siens, elle éprouvait quelque chose qui ressemblait terriblement à…

De l'amour ?

Était-il possible d'être amoureuse d'un homme qui ne faisait pas mystère de n'attendre rien de tel ?

Pourtant, Hollie avait de plus en plus la certitude d'avoir succombé. Sinon, pourquoi son cœur se gonflerait-il de joie à la lecture du SMS de Maximo lui demandant si elle était bien arrivée ? Et pourquoi frémirait-elle d'impatience à l'idée qu'il l'appellerait un peu plus tard, comme il le promettait ?

Bien qu'elle ne l'ait quitté que depuis quelques heures, elle souffrait. Maximo lui manquait à un point qu'elle n'aurait pas imaginé. Tout son être pulsait d'un manque douloureux, viscéral.

Par conséquent, ne devrait-elle pas faire l'effort de s'habituer à vivre à Madrid, dans l'univers qui était le sien ? N'était-ce pas *à elle* de leur accorder le temps nécessaire pour que les choses se mettent en place ? Ils finiraient peut-être par retrouver la tendre complicité qu'ils avaient connue…

Le lendemain matin, Hollie se préparait à partir à l'agence lorsque son portable vibra. Le numéro lui était inconnu, manifestement étranger, probablement espagnol. Lorsqu'elle prit l'appel, ce fut avec plaisir qu'elle reconnut la voix de Cristina, sa potentielle future amie.

— Salut ! s'exclama Hollie, enthousiaste. C'est gentil de m'appeler. Comment vas-tu ?

— Très bien, merci. Je suppose que tu es en Angleterre ?

— Oui. Je rentre à Madrid début février.

— Est-ce que Maximo est avec toi ?

— Non, hélas ! Il doit me rejoindre ce week-end.

— Ah, je vois…

La voix de Cristina était étrangement lourde de sous-entendus, et elle marqua une pause avant de poursuivre :

— J'ai appris que tu étais enceinte, Hollie. Toutes mes félicitations.

Le cœur de Hollie fit un petit bond de joie dans sa poitrine.

— Merci, Cristina, fit-elle. Je passe la première échographie mercredi prochain.

Une autre pause suivit, puis son interlocutrice toussota, comme si elle avait quelque chose de difficile à dire.

— Je te trouve très sympathique, finit-elle par lâcher avec des trémolos dans la voix. Et j'ai appris quelque chose dont je pense que tu devrais être informée…

— Tu m'inquiètes ! De quoi s'agit-il ?

— Cela concerne Maximo, et la vraie raison qui l'a poussé à te proposer le mariage.

Pendant un bref instant, Hollie ne sut que répondre. La main crispée sur le portable, elle lutta contre la déception qui l'envahissait. Cette Cristina n'était peut-être pas aussi bienveillante qu'elle se l'était figuré. Dans d'autres circonstances, Hollie n'aurait pas hésité à lui dire de se mêler de ce qui la regardait.

— Je ne suis pas suffisamment naïve pour croire qu'il l'aurait fait si je n'étais pas enceinte, dit-elle la gorge serrée.

— Bien sûr, bien sûr…

De nouveau, Cristina marqua un temps d'arrêt, puis inspira comme si elle se décidait à se lancer. Enfin, elle reprit :

— Sauf que ce n'est pas son unique motivation. S'il t'épouse, c'est dans le but de mettre la main sur les affaires de son père. Maximo en sera l'administrateur pour le compte de votre enfant, à la condition expresse que la naissance ait lieu dans le cadre d'un mariage en bonne et due forme.

Hollie se figea. Maximo ne lui avait-il pas confié ne plus avoir aucune relation avec son père depuis qu'il s'était enfui de chez celui-ci, à quatorze ans ?

— Je ne te crois pas, murmura-t-elle en s'agrippant au dossier d'une chaise.

— Malheureusement, c'est la pure vérité, répliqua Cristina. Je le tiens de la bouche même de Beatriz, l'une de ses demi-sœurs. Cette clause du testament a donné lieu à des contestations farouches, mais les juristes assurent qu'elle est inattaquable. Les deux sœurs sont furieuses. Je suis désolée, Hollie, mais j'ai pensé qu'il valait mieux que tu saches.

— Bien sûr, je comprends, Cristina. Et je te remercie.

Après quelques remarques sans intérêt, Hollie finit par raccrocher.

Fallait-il qu'elle ait été stupide ? se morigéna-t-elle intérieurement. Elle qui pensait n'entretenir aucune illusion sur la gent masculine s'était laissé abuser par des mirages.

Que connaissait-elle réellement de Maximo ? Il n'était que celui qu'elle avait voulu voir, dans son désir éperdu d'être aimée de lui. Elle ignorait tout des blessures qu'il dissimulait profondément. Certes, il n'avait nul besoin de la fortune de son géniteur. Mais dans cette disposition testamentaire, il voyait probablement une revanche sur le passé, sur le rejet dont il avait été victime au sein de sa famille paternelle. Comprendre cela ne changeait rien à une donnée essentielle, et terriblement douloureuse…

Maximo l'avait trahie. Tout comme son propre père l'avait fait avec sa mère.

Les jambes flageolantes, Hollie se cramponna de plus belle à la chaise. Néanmoins, après que le vertige des premiers instants fut effacé, elle se sentit étrangement calme. À croire qu'elle s'attendait à ce coup de théâtre. Comme si son histoire avec Maximo était trop belle pour être vraie.

Dire qu'il avait fallu qu'elle apprenne tout cela de la bouche d'une étrangère !

Les choses auraient été bien différentes si Maximo l'avait informée lui-même de la situation. S'il lui avait dit que cet enfant allait lui permettre de prendre la revanche dont il avait rêvé toute sa vie. Elle aurait compris et, surtout, elle ne se serait pas bercée d'illusions insensées.

À la réflexion, Hollie ne s'étonnait plus d'avoir surpris une lueur de triomphe dans le regard de Maximo lorsqu'elle avait accepté qu'il annonce sa grossesse lors de la réception.

Reprenant son portable, elle regarda longuement l'écran avant de se décider à taper un message. Cela lui demanda un temps considérable, car ses doigts tremblaient. Une larme tomba sur le dos de sa main. Elle la chassa d'un geste nerveux avant de frapper les touches.

> Maximo,
>
> Être de retour dans le Devon m'a permis de réfléchir posément. J'en viens à la conclusion que cela ne pourra jamais marcher entre nous.

Le doigt hésitant au-dessus de la touche d'envoi, Hollie lutta contre l'envie de se contenter de ces deux phrases. Mais ne devait-elle pas se montrer un peu plus adulte ? Aussi, ajouta-t-elle :

> Si tu le souhaites, nous pourrons nous entretenir d'ici quelques jours.
>
> Hollie

Elle ne jugea pas nécessaire d'y adjoindre quelque formule aimable que ce soit. Ce faisant, elle prit conscience que sa relation avec Maximo n'avait jamais connu aucune de ces choses qui font le tissu d'une histoire d'amour : ni lettres, ni SMS, ni coups de fil exprimant une tendre affection.

Il n'y avait eu entre eux que du sexe, un bébé, et un diamant gros comme le Ritz.

Dire que pendant les quelques jours qu'ils avaient passés dans le refuge de Kastelloes Hollie s'était laissé prendre à la magie de ces moments ! Alors que pendant tout ce temps…

Pendant tout ce temps, Maximo avait élaboré le plan qui allait lui permettre de mettre la main sur les affaires familiales.

Elle s'était comportée comme une véritable oie blanche, mais tout cela était bien fini.

Ainsi qu'elle l'avait dit à Maximo, elle saurait se débrouiller seule avec le bébé. Qu'il lui apporte une assistance financière ou pas était totalement accessoire. De toute façon, tout était préférable à une vie de tromperie et de faux-semblants.

Arrachant la lourde bague de son doigt, Hollie la posa brutalement sur la table à laquelle elle s'était assise. Puis, exhalant un long soupir, elle posa la tête sur ses bras croisés et fondit en larmes.

12.

Une petite pluie fine déposait sur le pare-brise un film poisseux. Levant le pied de l'accélérateur, Maximo attaqua la route secondaire à la vitesse d'un escargot. Non pour mieux maîtriser son puissant bolide, par cette sinistre météo hivernale, mais pour se donner le temps de réfléchir à ce qu'il dirait à Hollie.

Lorsqu'il avait reçu son message – s'étonnant de constater combien son cœur se serrait douloureusement en le lisant –, il avait été tenté de décrocher son téléphone pour exiger une explication. Au lieu de cela, il avait préféré agir – ce qui était sa façon habituelle de régler les problèmes. Dans son jet, toujours prêt au décollage, il avait gagné l'aéroport d'Exeter sans attendre.

Une fois à Trescombe, il se posta à proximité de l'agence, surveillant l'entrée depuis le véhicule. Lorsque Hollie sortit et se dirigea vers l'arrêt de bus, Maximo fut submergé d'un soulagement qui le surprit lui-même. Il dut lutter afin de contenir la tentation d'avancer jusqu'à elle pour lui intimer l'ordre de monter dans la voiture. Pour rien au monde, il ne voulait d'une confrontation publique.

De toute évidence, elle avait retrouvé les habitudes de sa vie passée – une vie dont Maximo était clairement exclu. Sa chevelure était serrée en une natte sévère, au lieu de retomber librement sur ses épaules comme il l'aimait tant. Quant au manteau dans lequel elle s'enveloppait, c'était une relique fatiguée, sortie tout droit de la penderie où elle rangeait ses tenues vieillottes.

Dire qu'autrefois Maximo s'était fait le serment – qu'il croyait inébranlable – de ne jamais laisser personne envahir sa sphère intime afin de se protéger de tout risque de souffrance ! Jusqu'à ce jour, il n'avait jamais dévié de cet engagement, formulé à genoux dans la neige, un matin de Noël, tant d'années auparavant.

Pourquoi ne partirais-tu pas tant qu'il en est encore temps ? lui souffla à l'oreille la petite voix de la sagesse.

Maximo choisit de l'ignorer.

Quelques instants plus tard, il immobilisait la limousine devant le petit cottage de Hollie, puis il franchit d'un pas décidé les quelques mètres de gravier menant au porche. Négligeant la sonnette, ce fut d'un poing ferme qu'il tambourina sur la porte, et l'écho des coups sourds se répercuta dans l'air froid de la nuit.

Occupée à laver la vaisselle de son frugal dîner, Hollie suspendit son geste en entendant cogner à sa porte avec suffisamment d'autorité pour réveiller un mort.

La gorge nouée, elle songea qu'une seule personne était capable de frapper de la sorte. Le cœur battant la chamade, elle posa la tasse qu'elle tenait, et se dirigea vers l'entrée.

Ne s'attendait-elle pas à cette visite ?

Le moment était venu, et une acceptation fataliste s'abattit douloureusement sur elle.

Prenant une profonde inspiration, elle ouvrit la porte sur la haute silhouette de Maximo, vêtu de noir comme à son habitude. Le vent avait décoiffé son épaisse chevelure de jais, et son visage était empreint d'une amertume que Hollie n'y avait jamais vue auparavant.

— Est-ce que je peux entrer ? interrogea-t-il sèchement.

Comme si elle était capable de refuser ! À son grand

regret – et en dépit de la déception ressentie en apprenant qu'elle n'avait jamais été autre chose qu'un pion dans les plans ambitieux de Maximo –, Hollie ne parvenait à éprouver ni haine, ni même indifférence à son égard.

Un instant, elle fut tentée de se jeter dans ses bras en oubliant tout. Se retenant de céder à pareille impulsion, elle dut aussi s'interdire de lui proposer quelque rafraîchissement. Pour retarder l'inévitable, peut-être ? Ou même faire semblant qu'ils avaient encore un avenir commun…

Sauf qu'elle n'en était plus à feindre.

De manière assez étonnante, connaissant la personnalité de Maximo, il parut tout à coup hésiter.

— Est-ce que… est-ce que le bébé va bien ? questionna-t-il en promenant sur elle un regard scrutateur.

Évidemment ! C'était sa seule préoccupation ! s'indigna Hollie en son for intérieur.

— Tout va bien, répondit-elle sèchement. Je passe l'échographie après-demain.

Sa phrase tomba dans un silence qui sembla s'éterniser indéfiniment. Le regard que Maximo posait sur elle se fit plus dur.

— Puis-je connaître la raison qui t'a poussée à m'envoyer ce message ? finit-il par lâcher.

Comment trouver les mots ? s'interrogea Hollie. Y avait-il une manière adéquate de formuler les phrases qui mettraient un terme définitif à leur histoire ?

— Puis-je connaître la raison qui t'a conduit à me proposer le mariage ? répliqua-t-elle. La *vraie* raison, je veux dire !

Maximo fronça les sourcils.

— Mais enfin, tu la connais, répondit-il.

— Je ne parle pas du bébé. Nous nous étions promis d'être honnêtes l'un avec l'autre, non ? Alors, j'attends le véritable motif de ta décision. Ce grand secret qui couve à l'arrière-plan, et dont tu n'as jamais fait mention.

— Quel secret ? Je ne comprends rien à ce que tu racontes. De quoi s'agit-il ?

— De l'héritage de ton père. Quoi d'autre ?

— Pardon ?

Ouvrant de grands yeux, Maximo était l'image même de l'incompréhension. Pour un peu, Hollie l'aurait cru sincère. Elle se raidit intérieurement. Les hommes n'étaient-ils pas tous des menteurs ? Sa mère répétait qu'elle n'avait jamais entendu son mari proférer autre chose que des mensonges.

— Cristina m'a appelée, dit-elle. C'est une amie de ta demi-sœur, Beatriz.

Maximo ne put dissimuler un léger hoquet de surprise, ce que Hollie interpréta comme un aveu de culpabilité. Elle enchaîna :

— Cristina m'a informée du testament de ton père. Elle m'a expliqué que tu deviendras le gestionnaire de tout son héritage à la condition expresse que tu deviennes père à ton tour. Bien sûr, ton enfant devra naître dans les liens sacrés du mariage. Pourquoi m'as-tu caché cela, Maximo ? J'aurais admis cette raison de me proposer le mariage. Ce que je n'accepte pas, c'est le mensonge !

— Tu m'apprends tout cela, Hollie. Je n'ai jamais été informé de ces dispositions testamentaires. Et je n'ai pas parlé à mes demi-sœurs depuis l'époque où elles prenaient plaisir à torturer le gamin impressionnable que j'étais. Est-ce que tu imagines vraiment que je t'aurais dissimulé cela ?

— Si tu veux savoir la vérité, oui, je t'en crois capable.

Maximo esquissa un mouvement de recul comme s'il avait été souffleté. Si quelqu'un d'autre l'avait humilié de la sorte, il aurait tourné les talons sur-le-champ.

Sauf qu'il s'agissait de Hollie. Celle qui en savait davantage sur son compte que qui que ce soit d'autre. La seule qui l'avait jamais écouté avec empathie.

La seule explication à la défiance qu'elle lui opposait était qu'elle avait cruellement souffert des mensonges de son propre père. Peut-être redoutait-elle d'avoir affaire au même genre d'homme que celui-ci ?

De plus, comment lui aurait-elle fait confiance, se demanda Maximo, quand lui-même s'était assidûment employé à la repousser depuis leur arrivée en Espagne ? Il avait érigé entre eux des barrières infranchissables. Jusqu'à détruire la tendre complicité qui les avait rapprochés, Hollie et lui, pendant leur court séjour à Kastelloes.

C'était à cause de lui – de sa stupide cruauté ! – que Hollie le fixait avec cette tristesse soupçonneuse. Soudain, Maximo fut incapable de supporter l'idée qu'il avait probablement saboté toutes ses possibilités de créer une famille.

La famille qu'il espérait fonder avec Hollie et leur enfant.

— Je te le répète, murmura-t-il, je ne savais rien de tout cela. Et penses-tu vraiment que je serais prêt à accepter la charité de quelqu'un qui n'a jamais voulu de moi de son vivant ? Même si j'étais le plus pauvre parmi les pauvres, je n'aurais pas accepté, Hollie ! Est-ce que tu me crois ?

Il avait mis une telle chaleur dans son propos que Hollie sembla en partie convaincue. Elle haussa les épaules d'un air circonspect.

— Peut-être…, fit-elle.

Cependant, l'adorable visage ne s'était pas départi de son expression ombrageuse. Maximo savait que la partie était loin d'être gagnée.

— Ce n'est pas à toi que j'ai menti, Hollie, mais à moi-même, poursuivit-il. Et pas au sujet de ce testament dont j'ignorais jusqu'à l'existence. Depuis que nous nous sommes rencontrés, j'ai refusé de m'avouer les sentiments que j'éprouve pour toi. Parce que cela me fait peur. J'ai l'impression qu'ils me rendent… vulnérable. Or je me suis toujours promis de ne jamais accepter de l'être.

Marquant une pause, Maximo expira longuement, puis il reprit :

— À Madrid, je me suis efforcé de redevenir celui que j'étais avant de te connaître. J'ai été suffisamment stupide et arrogant pour penser que je pouvais t'obliger à t'adapter à ma vie passée. À te faire entrer dans une petite case. Tout ce que j'ai réussi à faire, c'est t'éloigner de moi. Je n'aurais jamais dû agir ainsi.

— C'est vrai, Maximo. Mais il nous arrive à tous de faire et de dire des choses dont nous devrions nous dispenser. C'est souvent parce que nous avons peur. Tu n'es pas le seul dans ce cas. Quand Cristina m'a donné à croire que tu m'avais menti, cela m'a soulagée, d'une certaine façon.

— *Soulagée* ?

— Je crois que ça m'arrangeait de te penser aussi menteur que tous tes congénères. De cette façon, je ne…

Dans les yeux de Hollie, Maximo vit briller des larmes. Sa voix s'était étranglée, et il termina sa phrase avant elle :

— De cette façon, tu ne prenais pas le risque de souffrir, comme ta mère avait souffert, c'est cela ?

Elle hocha la tête, mordillant sa lèvre inférieure.

— Oui, souffla-t-elle. Je ne voulais pas que mon enfant grandisse dans un monde de promesses jamais tenues.

— *Notre* enfant, corrigea Maximo.

Avec un petit sourire triste, Hollie acquiesça d'un signe de tête, avant de continuer :

— C'est ce qui m'a poussée à décider qu'il valait mieux que je l'élève seule. Ce que je veux pour lui, ou pour elle, c'est une *vraie* famille, Maximo. Pas une parodie dépourvue d'amour. Ça, je ne l'accepterai jamais !

Maximo était encore loin d'obtenir la capitulation qu'il espérait. Toute sa vie, il avait fui les émotions et les souffrances qu'elles entraînaient. Aujourd'hui, s'il voulait construire sa vie avec Hollie, il n'avait d'autre choix que de briser la carapace dont il s'était entouré. Il devait accepter de dire des choses dont il n'aurait jamais imaginé qu'elles puissent franchir ses lèvres. Et il lui fallait être convaincant.

— T'ai-je déjà dit combien je t'aime, Hollie ? souffla-t-il. La première fois où nous avons fait l'amour, j'ai eu l'impression de m'embraser à ton contact. Au risque de faire fondre le bloc de glace dans lequel j'avais enfermé mon cœur. Je n'avais jamais rien éprouvé de tel. Tout à coup, je me suis senti dangereusement vulnérable. C'est pour cette raison que j'ai cherché à reprendre mes distances et à t'éloigner de moi.

— Maximo…

D'un geste de la main, Maximo fit taire Hollie. Il se devait d'aller au bout de cette confession.

— Quand tu es venue m'annoncer ta grossesse, je me suis comporté avec une épouvantable arrogance. Et pourtant, tu es passée outre. Tu as su organiser le genre de Noël que je n'avais jamais connu. Pour la première fois de ma vie, j'ai compris ce que cela signifiait d'avoir un foyer et une famille. Tu es *mon foyer* et *ma famille*, Hollie ! Je t'aime de toute mon âme, et je veux passer ma vie avec toi et notre enfant.

Lorsque Maximo lui ouvrit les bras, Hollie s'y engouffra. Nichant son visage au creux de son épaule, elle pleura tout son soûl. Pendant tout ce temps, Maximo la tint étroitement serrée. Puis, lorsqu'elle fut calmée, il l'écarta et suivit du bout du doigt les traces sur ses joues.

— J'ai bien réfléchi, ajouta-t-il. Mon appartement de Madrid n'est pas du tout adapté à la vie avec un enfant en bas âge. De plus, j'ai l'impression que tu n'as pas un tempérament de citadine. Aussi, je te propose d'organiser les choses différemment. C'est moi qui vais me transplanter dans ton univers, et non l'inverse. Et, là aussi, j'ai un aveu à te faire.

Levant vers lui un regard inquiet, Hollie demanda :

— Quoi encore ?

— Je n'ai jamais eu l'intention de transformer Kastelloes

en hôtel de luxe. Ce sont les gens d'ici qui se sont mis cette idée en tête. En fait, j'avais prévu de faire raser le château pour développer d'autres projets à la place. J'ai changé d'avis. Si tu le souhaites, Kastelloes deviendra notre maison familiale. Bien sûr, à la condition que tu veuilles encore de moi. Que tu sois toujours décidée à être ma femme…

Dans un élan de joie et de gratitude, Hollie se mit sur la pointe des pieds et, nouant les bras autour du cou de Maximo, pressa son visage contre le sien.

— Oh ! Maximo…, souffla-t-elle, bien sûr que je veux t'épouser ! Parce que je t'aime, plus que tout. Quand je t'ai envoyé ce message, c'était pour me protéger. Pour éviter de souffrir. Mais la pire souffrance que j'ai connue, c'était en imaginant passer ma vie loin de toi. Je t'aime de toute mon âme, Maximo Diaz. Et tu peux être certain que je t'aimerai toute ma vie.

Un sourire illumina le beau visage penché sur elle. Dans le regard de jais brillait une lueur qui réchauffa le cœur de Hollie. Lorsqu'il captura ses lèvres, elle eut l'impression de renaître. Ils s'embrassèrent passionnément, goûtant sur les lèvres l'un de l'autre le sel de leurs larmes mêlées.

Certes, songea Hollie, tous deux avaient été abîmés par la vie, mais l'amour réparerait leurs âmes et leurs cœurs.

L'amour n'était-il pas le seul et unique guérisseur de toutes les blessures ?

Épilogue

« Douce nuit, sainte nuit,
Dans les cieux, l'astre luit... »

Entonnant une dernière fois le célèbre cantique, le groupe de chanteurs entama la descente de la colline en direction de la ville. Hollie leva les yeux vers le ciel d'où commençaient à tomber de gros flocons. Refermant la porte du château, elle se réjouit à l'idée qu'ils auraient un Noël blanc.

Dans le hall lambrissé de boiseries, un immense sapin scintillait de mille feux. Il y en avait un second dans la bibliothèque, où serait dressée la table du déjeuner de Noël, le lendemain. Comme cela était désormais la tradition, Hollie avait illuminé la pièce avec un nombre incalculable de bougies de toutes tailles. Dans la cuisine, un pot-au-feu des montagnes de Cantabrie mijotait dans un grand faitout. Cela aussi, c'était devenu une tradition incontournable.

— Est-ce que le Père Noël va bientôt passer, *papá* ? questionna une petite voix dans le dos de Hollie.

Elle se tourna pour contempler la petite tête de Mateo, nichée au creux du bras de son père.

— *Sí, hijito !* Quand tu dormiras. Alors, il est temps que je t'emmène au lit. Est-ce que tu veux que *mamá* nous accompagne ?

— Oh ! oui, s'il te plaît !

Le sourire radieux dont Maximo gratifia Hollie, par-dessus les boucles brunes en bataille, était empreint d'une promesse qui la fit frémir d'une délicieuse anticipation.

— Alors, allons-y ! *Vamos !* conclut Maximo.

Ce fut un Mateo gloussant de ravissement qui fut emmené le long du superbe escalier en pierre, aux murs désormais ornés d'œuvres d'art, jusqu'à sa chambre située à quelques pas de celle de ses parents.

Après trois années de coûteux travaux de rénovation, Kastelloes avait acquis un confort accueillant dont Hollie ne cessait de s'émerveiller et de remercier son mari.

Leur union avait été célébrée dans la petite église de Trescombe, au cours d'une cérémonie toute simple. Javier avait été le garçon d'honneur de son meilleur ami. Tout le monde s'était entendu pour dire que c'était un magnifique mariage où se mêlaient exclamations en espagnol et en anglais – les premières étant les plus sonores.

Hollie et Maximo s'étaient définitivement installés dans le Devon, d'où ce dernier gérait ses affaires. Lorsque leur fils avait atteint l'âge d'un an, Hollie avait ouvert le salon de thé dont elle avait toujours rêvé. Bien qu'une équipe de confiance l'y remplace la plupart du temps, elle prenait plaisir à mettre au point de nouvelles recettes de gâteaux et à en réaliser certaines. L'on venait de très loin pour déguster ses scones à la légèreté aérienne.

Une fois que Mateo fut profondément endormi, Hollie vint se lover entre les bras de son époux. Une délicieuse excitation bouillonnait en elle. Il y avait quelque chose qu'elle devait absolument lui annoncer, et elle attendait le moment adéquat.

— Tout est *presque* prêt pour célébrer Noël, murmura-t-elle.

Maximo éclata de rire.

— Oh ! je te fais confiance pour cela, *mia belleza* ! s'exclama-t-il.

Posant sur elle un regard à la fois attendri et malicieux, il caressa ses fesses.

— *Maximo !* souffla-t-elle. Qu'est-ce que tu fais ?

— À ton avis ? répliqua-t-il en s'inclinant pour la soulever dans ses bras.

— Mais… mais nous n'avons pas fini d'emballer les cadeaux et…

— Chut ! l'interrompit Maximo.

La déposant sur la courtepointe de velours rouge – souvenir de leur première nuit au château –, Maximo dévêtit tendrement Hollie, puis il la pénétra à l'instant où elle allait lui confier son secret. L'orgasme les emporta dans un même tourbillon, et Maximo s'effondra sur elle.

Le cœur battant la chamade, Hollie attendit de reprendre son souffle, avant de murmurer paresseusement :

— Maximo… j'ai quelque chose à te dire.

— Je sais.

— Comment ça ?

S'écartant pour pouvoir le dévisager, Hollie nota que les prunelles de jais brillaient d'un éclat intense.

— Qu'est-ce que tu sais ? interrogea-t-elle.

— Que tu vas me donner un autre enfant, *querida*.

— Comment as-tu deviné ?

— Parce que je t'aime, et que je te connais bien, *mia belleza*. Tu as le même regard et le même sourire que lorsque tu attendais Mateo. Mais, *querida*, qu'est-ce qui ne va pas ?

Fronçant les sourcils, Maximo caressa du pouce la lèvre tremblante de Hollie.

— Pourquoi pleures-tu ? ajouta-t-il.

— Je pleure de bonheur, mon amour ! Tu vois que tu ne me connais pas si bien que ça.

Avec un petit rire émerveillé, Maximo passa un bras autour de Hollie pour l'attirer contre lui.

Dire qu'autrefois il avait pensé qu'un tel bonheur n'était pas de ce monde !

— Joyeux Noël, ma merveilleuse épouse ! dit-il en déposant un tendre baiser sur les cheveux de Hollie.

Retrouvez prochainement,
dans votre collection

AZUR

Ce secret dévoilé, de Caitlin Crews - N°4422
Lorsqu'elle se rend au sommet de la Skalas Tower, Kendra n'a qu'un but : convaincre Balthazar, le maître des lieux, d'abandonner toute poursuite judiciaire contre sa famille. Or l'homme d'affaires grec à la réputation impitoyable n'a que faire de ses arguments. Aussi Kendra se résout-elle à utiliser la seule arme dont elle dispose face à Balthazar – la séduction. Seulement, après s'être liée à son ennemi durant une nuit époustouflante, elle se découvre enceinte…

Liaison avec un Italien, de Carol Marinelli - N°4423
Gian de Luca, duc italien et magnat des affaires, sait que la ravissante Ariana Romano lui est interdite. Non seulement elle est la fille de son mentor mais sa réputation d'héritière gâtée et sulfureuse n'est plus à faire. Toutefois, une nuit, Gian perd la raison et attire Ariana jusqu'à son lit. Dans l'intimité, sa douce maîtresse se révèle bien différente de celle qu'il croyait connaître. Et Gian ne songe déjà plus qu'à prolonger leur liaison au parfum de scandale…

Sous la protection du cheikh, d'Annie West - N°4424
Pressée de fuir un mariage forcé, Tara passe la frontière de son pays pour entrer clandestinement au royaume de Nahrat. Hélas, elle atterrit malgré elle dans la salle du trône du cheikh Raif. Ce roi du désert, autoritaire et fier, sait qu'elle appartient à un peuple rival et pourtant, à la grande surprise de Tara, il lui offre sa protection. Mais, quand bientôt la rumeur enfle au sujet de leur proximité nouvelle, Raif doit étouffer le scandale qui menace d'exploser. Et c'est ainsi qu'il proclame Tara comme sa future épouse !

L'amant de Singapour, de Dani Collins - N°4425
Tsai Jun Li. À peine Ivy pose-t-elle les yeux sur le milliardaire qu'elle est saisie par un brusque accès de fièvre. Cet homme est un fantasme, la perfection incarnée ! Aussi, quand il lui propose de passer la nuit avec lui, elle cède à la tentation. Quatre mois plus tard, c'est à Singapour qu'elle tente de le retrouver. Car, si leur étreinte devait rester sans lendemain, le destin en a décidé autrement : Ivy attend un enfant de son inoubliable amant…

Confidences scandaleuses, d'Andie Brock - N°4426

Emma a passé une nuit époustouflante dans les bras de Leonardo Ravenino, le milliardaire qu'elle aurait dû se contenter d'interviewer pour son journal. Aussi, quand il la rejette au lendemain de leur étreinte, c'est le cœur brisé qu'elle couche sur le papier sa frustration et tout le mal qu'elle pense de celui qui l'a séduite. Hélas, alors que ces confidences devaient rester intimes, voilà qu'elles sont publiées par accident ! Dès lors, Emma n'a d'autre choix que d'affronter la colère de Leonardo, au moment même où elle se découvre enceinte de lui…

Le guerrier des sables, de Jackie Ashenden - N°4427

Alors qu'elle pénètre dans une forteresse en plein désert, Ivy prend peur. Ce voyage qui l'a menée des rives pluvieuses de l'Angleterre au climat torride d'Inaris s'est révélé épuisant. Et l'accueil hostile que lui réserve le cheikh Nazir al-Rasul ne fait rien pour calmer les battements précipités de son cœur. Nazir est un chef de guerre farouche, redoutable et redouté, et Ivy est probablement folle d'être venue à sa rencontre pour lui annoncer une nouvelle incroyable. Alors que tous deux ne se sont jamais rencontrés auparavant, Ivy attend l'enfant de Nazir. Son héritier…

L'épouse d'un patron, de Katrina Cudmore - N°4428

Magnat dans l'hôtellerie de luxe, Loukas Christou multiplie les contrats lucratifs partout dans le monde. Mais aujourd'hui l'un de ses partenaires en affaires refuse de traiter avec lui sous prétexte qu'il est encore célibataire – et donc forcément instable ! Furieux qu'on puisse douter de lui, Loukas se résout toutefois à chercher une épouse de circonstance. Et c'est Georgie, sa belle assistante, qui est chargée de lui dénicher la femme idéale. Seulement voilà, alors qu'il côtoie chaque jour Georgie dans le cadre paradisiaque de l'île de Talos, Loukas prend conscience qu'elle éclipse toutes les candidates au mariage…

La proposition d'une innocente,
de Melanie Milburne - N°4429

SÉRIE : *OBJECTIF PASSION* - 1/3

Dans un mois, Ivy fêtera son trentième anniversaire. Or pas question pour elle d'atteindre l'âge fatidique sans avoir connu d'abord les plaisirs de l'amour. Parce qu'elle est toujours célibataire, elle ne voit qu'une solution : proposer à son ami Louis Charpentier de lui ravir son innocence. Bien qu'il soit un play-boy et un séducteur invétéré, cet homme a toute sa confiance. Et puis, dans la mesure où il est aussi expérimenté que rétif à toute forme d'engagement, il sera le partenaire parfait. L'amant idéal, pour une nuit seulement…

Conquise par Ashton Castle,
de Natalie Anderson - N°4430

SÉRIE : *FRÈRES REBELLES* - 1/2

Un verre de champagne, un bain moussant… Merle profite du confort de la somptueuse villa qu'on l'a autorisée à occuper durant son séjour sur l'île de Waiheke, où elle fait des recherches sur la famille Castle. Jusqu'à l'arrivée inopinée d'Ashton, le maître des lieux, dans la salle de bains où elle se prélasse ! Mortifiée par cette rencontre avec le ténébreux milliardaire qui la couve d'un regard chargé de désir, Merle l'est davantage encore quand il lui révèle qu'ils passeront la semaine en tête à tête…

L'étranger de l'orage, de Marion Lennox - N°4431

Seule dans la ferme délabrée qu'elle vient d'hériter, Charlotte tente d'ignorer le fracas de l'orage, dehors. Et c'est avec un certain soulagement qu'elle voit débarquer chez elle un homme qu'elle n'a jamais rencontré, mais auquel elle offre l'hospitalité. Au cours de cette nuit de tempête, inquiétante et magnifique, tous deux en viennent à tomber dans les bras l'un de l'autre. Charlotte, déjà, sent son cœur battre pour son compagnon d'infortune ! Hélas, elle ne tarde pas à découvrir qu'ils ne font pas partie du même monde, car Bryn Thomas Morgan se révèle être un lord anglais…

Une brûlante étreinte, de Jennifer Hayward - N°4432

Diana enrage. Que lui a-t-il pris d'accepter de se rendre au mariage de son amie Annabelle ? Elle savait pourtant que Coburn, son futur ex-mari, s'y trouverait aussi, et que la simple vue de cet homme qui lui a brisé le cœur lui serait insupportable. D'autant que Coburn semble s'amuser de la situation, joue avec elle comme un lion avec sa proie, la provoque… et finit par l'attirer dans son lit. Diana comprend alors que c'est peut-être ce qu'elle est venue chercher ici, ce soir : la terrible confirmation de l'emprise absolue qu'il exerce, aujourd'hui encore, sur ses sens…